ファン文庫

書き直しを要求します！

著　千冬

JN148068

マイナビ出版

目次

プロローグ

誰が言ったんだっけ。
ノーなんとか、ノーライフ。
かっこいいなあって思ったのよね。

ピピッ　ピピッ

私だったら、なんだろう。
ノーブック・ノーライフ？
うーん、確かに本がなかったら人生真っ暗かもしれない。

ピピピッ　ピピピッ

でも、どちらかというと、ノーノベル・ノーライフかな。

それとも、ノーライティング・ノーライフってことになるんじゃ……

ピピピピピ！　ピピピピピ！

「わあっ！　遅刻する！」

覚醒しかけの気持ちいいまどろみの中、うっとり考えていた翠《みどり》は飛び起きて、枕元の目覚まし時計を止める。

そしてベッドの上で上半身を起こしたまま、はーと大きく息を吐いて両手で顔を覆《おお》った。

眠い、非常に眠い。

体調不良のためお休みさせてください、と職場に連絡してぐっすり眠れたら、どんなに楽か。

「ダメ……起きなきゃ……休まないって決めたんだから」

翠は、ベッドの誘惑を振り切ってフローリングの床に足を下ろした。

賃貸の１Ｋマンションの部屋にあるのは、ベッドと机と椅子、本棚、小さなテレビとＣＤプレイヤーが載ったローボード。

本棚には、文庫本が八割、漫画が二割くらいの割合で並んでいる。

机の上の電源を切ったノートパソコンは、蓋《ふた》が開いて暗くなった画面を見せていた。

その横に、開いたままのノート。

「全然進まなかったなあ……コンテストに間に合うといいんだけど」

恨めしそうにパソコンを見つめて呟いた翠は、大学時代から使っている古いテレビをつけるとキッチンに向かった。

トースターに食パンをセットし、焼けるのを待つ間に鍋にお湯を沸かし、冷凍しておいたカット野菜とスープの素を入れ、最後に卵を落とす。

野菜はストックが少なくなると、まとめて買ってきて一気に切り、冷凍保存しておけば朝のひと手間が省ける。

ベッドの横に折り畳みの座卓を出して、卵入り野菜スープとジャムを塗ったトーストを載せた。

「いただきます」

ひとり暮らしを始めたのは、大学に入学したときから。大学時代の四年間と二十二歳で卒業してすぐに就職してからの五年間の、合計九年間になる。

毎日ひとりの部屋で目覚め、ひとりの部屋で食事をし、ひとりの部屋に帰り、ひとりで眠る翠。

周囲からしたら、わびしい独身生活に見えるんだろうなあと思うことがある。しかし、彼女は平気だ。

なぜならば――

「今日、仕事から帰ったら、三十ページ分くらい書かないと、締め切りに間に合わないかもしれない……夕食、お弁当買ってこよう」

こんな生活を続けるのであれば、彼氏や夫、子供にかまっている余裕はないから、これでいいのだ。そう自分でも納得している。

そんな彼女の生活の中心は、小説を書くこと。いつか賞を取って書籍化される――その夢に向かっての執筆活動だった。

ただし。

その執筆活動を支えひとり暮らしを維持するには、生活費を稼ぐ必要がある。

「ごちそうさまでした。はー……仕事に行こう」

人間、働かなければお金を手に入れることはできない。だから、今は本業である地方公務員の仕事をするのだ。

「ゲームの世界みたいに、モンスターを倒してお金を手にすることができたらいいのに。今度、異世界ファンタジーものを書くときは、モンスターが倒れた瞬間に体が消えて、お金や宝石に変化するっていうお手軽な設定にしようかな。いや、宝石だけのほうがいいよね。倒されたモンスターは、石化ならぬ宝玉化する。それを持ち帰って、モンスター宝玉加工専門店に売ってその対価をもらう。ううん、それだけじゃなくって、その宝玉の一部を受け取ることができるってことにして、それを御守りにしたり自分の装飾品にしたりして……」

妄想し始めると、きりがない。それでもせっかくのアイディアなので一応忘れないように、机の上に広げたノートに書き留める。

しっかりプロットを書き込んであるページではなく、思いつくままのことをざっくり書き留めるページを開いて。いつか使うかもしれないアイディアをストックしておくことは大事だ。

今度こそ翠は食器を片付けると、出勤の準備を始めた。

今日も外は晴れている。カーテンの隙間から、明るい日差しが差し込み、とても気持ちがいい。

着替え終えてカーテンを開けた翠は、目に飛び込む日の光に思わず目を細めて顔を顰《しか》めた。

「晴れたのは嬉しいけれど、寝不足の目には堪えるわ……辛い……」

平日カーテンを開くのは、朝の一瞬だけ。すぐに出かけるので、翠はもう一度カーテンで窓を覆って部屋を暗くした。

机の上の大事なノートを、鞄に突っ込む。

さあ、今日も出勤、仕事をしてこよう。


東京都二十三区に隣接する小都市ふじき野《の》市。

私鉄は通っているが、地下鉄はない。公共の交通機関は、主にバスだ。

翠の勤務するふじき野市役所は小豆《あずき》色の五階建ての建物で、正面から向かって右側にバス停がある。

建てられた当初は「なぜその色？」と多くの市民から言われた市役所も、築十年を超えた今となっては予想に反して汚れが目立たず、周囲から浮いた感じもしなくなった。

市役所の市民生活部には様々な書類申請の窓口があり、中でも市民に一番接する機会が多い市民生活課が、笛木《ふえき》翠の職場だった。

そこには市民が抄本《しょうほん》や謄本《とうほん》、印鑑登録および証明、住民票など、必要な書類を取りに訪れる。いわば、市民にとっての市役所の顔だ。

「お待たせしました。こちらで間違いありませんか。料金は三百円になります」

翠は代金を受け取るとレシート兼用の小さな領収書を差し出す。

市役所窓口は午後零時から一時までが混雑タイムだ。というのも、休憩時間を利用して近隣から必要な書類を取りにやってくる人が多いからだ。

市役所の一階の窓口で、翠はぐぐっと湧き上がる欠伸《あくび》の衝動を抑えきれず、利用者が途切れた瞬間を狙い、口元を手で隠しながら欠伸を噛み殺した。

昔から、翠は欠伸を我慢すると鼻の穴が大きく開いて、すぐ周囲にばれてしまう。

「寝不足？」

それでも、隣の窓口の同僚には気づかれたようで、こっそり聞かれる。

「す、すいません、あの、ちょっと喉の調子が……」

慌てて目に滲んだ涙を指先でさっと拭い、これは欠伸じゃなくくしゃみなんですよーと誤魔化《ごまか》すようにわざとらしくクシュンと小さな音を立てた。

本当は、盛大に欠伸をしたい、思い切り伸びをしたい。ついでに肩を上下させて、肩甲骨あたりをぐりぐり押してもらいたい。できることなら、こめかみあたりも……

そう考えながら翠は、次の整理番号を知らせるボタンを押した。

どんなに睡眠時間を減らそうとも、昼間の仕事はきちんと続けると自分に誓ったのだ。

今は趣味に過ぎないかもしれないけれど、そのうちぜひそれを本業にすると決めたその日に。

翠の趣味。それは小説を書いて、WEB上に上げることとコンテストに出すことだった。

小さい頃から、本を読むのが好きだった。

少しでも長く本のそばにいたくて小学校の五、六年生、中学校の三年間と高等学校の三年間、合計八年間図書委員を続けた。

ほかの委員会に浮気することなく、八年間図書委員にこだわって委員会の仕事をし続けたことは、翠の中のちょっとした誇りだ。

本に囲まれて読書を続ければ、そのうち感想文なんかも書くようになる。

読書感想文を書いて夏休み明けに学校に提出したそれが、都の読書感想文コンクールに入賞してささやかな景品をもらったのは中学一年生のとき。自分の書いたものが認められた。その喜びが読むほうから書くほうに興味を持ったきっかけだった。

それ以来、お小遣いでノートを買っては、ちまちまと小説を書き溜めてきた。

最初は頭の中でキャラクターを想像して、情景描写もなにもなく、セリフを並べただけの拙《つたな》いもの。

そのうち、少しずつ地の文を加えるようになり、プロットなどというものも書き留めておくようになった。

彼女の青春時代と共にあったノートは、大学を卒業して社会人になった今も、ずっと手元においてある。

公務員試験に合格し、大学を卒業した翌月から市役所に勤め始めたのが五年前。

最初は不慣れな仕事に疲労困憊《ひろうこんぱい》し、帰宅しても疲れですぐに寝てしまうことが多かった。けれども、勤務を始めて一ヶ月、二ヶ月が過ぎ、徐々に仕事の内容と力の入れ具合のちょうどいいバランスが摑めてくると、しばらく休んでいた執筆作業への渇望が湧き上がってきた。

帰宅後にベッドに直行することも少なくなり、ネット上の小説投稿サイトを覗いて、自分も気軽にサイトにアップしてみようかなどと思ってしまったのだ。

アップすれば、ひとりでも多くの人に読んでもらいたい。読んでもらったら感想のコメントが欲しくなる。

読んでもらえる喜びは、読書感想文で賞をもらったときの嬉しさをはるかに上回った。

よし、小説家を目指そう！

そう翠が決意するのに、さほど時間はかからなかった。

それ以来、翠は時間を見つけては小説を書いている。平日は夜、土日は昼間に。

そして、昨日は新作に取り掛かり、一気に冒頭部分をパソコンで打っていて、眠るのが遅くなってしまった。

欠伸は、そのせいだ。


市役所の開庁時間は、平日の午前八時三十分から午後五時三十分まで。

閉庁時間間際は利用者もまばらだが、仕事帰りに飛び込みで入ってくる利用者もいるので、最後まで気は抜けない。

翠は昼の忙しい時間帯を乗り切ると、窓口業務をほかの人に代わってもらい、同期の同僚とやや遅めの昼食を取るために席を立った。

「ねえねえ、翠」

同期の親しさと、人見知りをしない性格で、財部乙葉《たからべおとは》はかなり早い時期から翠を下の名前で呼ぶようになっていた。

翠も本当は「乙葉」と呼ぶべきなのだろうが、最初に「財部さん」と呼んで以来、乙葉と呼んでいいか確認するタイミングを失って、ずっと「財部さん」で通している。

「佐野《さの》さん、こっちをちらちら見てるんだけど。翠に興味があるんじゃなーい？」

またそれかと、翠は心の中でため息をつく。

「そんなことないよ、財部さんのことじゃないかなあ」

するると、乙葉はあからさまに嬉しそうな顔になった。

佐野浩太《こうた》は二歳年上の先輩で、一見地味で目立たないが、堅実に仕事をこなす人である。まだ独身の佐野には彼女がいるという噂もないことから、職場内には佐野に興味と恋愛感情を向ける独身女性も少なからずいる。

乙葉も、その中のひとりだ。さっきの言葉も、翠には佐野に対する恋愛感情がないことの確認のようなものだ。

乙葉は、よく見れば気づく程度のブラウンのカラーコンタクトを入れ、瞳を大きく際立たせている。

翠もコンタクトを入れてはいるが、自分と乙葉の差はカラーかそうじゃないかだけではないような気がしてならない。

きちんと手入れされた爪先。濃くなりすぎないよう時間をかけたナチュラルメイク。隣にいる今も、ふんわりと柔らかく甘い香りが漂ってくる。

まあ、乙葉なら可愛いし、自分磨きを怠ってないからそこそこモテるだろうと、翠は冷静に思う。

この女子力、小説のキャラクターに使えそう！　翠は何度そう思ったことか。しかし、小説を書くようになってこれだけは守ろうと決めたことがある。それは職場の人をキャラクターとして使わないということだった。

いつか小説家として書籍化を果たしてやるという夢を持って書き続けていれば、自分は書籍化作家だと、職場で胸を張って堂々と言える日がいつか来るかもしれない。

そのときに作品を読んだ職場の同僚たちから、これは自分じゃないかとか、私はこんなじゃないとか、文句を言われたら困ると思ったのだ。

(ずいぶん先の話かもしれないけれど、あり得ないって決まったわけじゃないし)

そんな自分だけのささやかな夢くらい、持っていてもいいのではないか。

「ねえ、ちょっと。翠、聞いてる？」

夢の世界に浸っていた翠を、乙葉が引き戻す。

「今日の翠、なんかおかしい。具合が悪いんじゃないの？」

女子力が高めで噂好きだが根は優しい乙葉に心配され、翠はごめんごめんと謝った。

「昨夜、遅くまで本を読んでて」

「寝不足？　お肌の大敵じゃない。老化も速く進むんだって。ちゃんと寝たほうがいいよー」

お互いもう二十代後半なんだからと言われ、翠は苦笑した。

市役所内の食堂で本日のAランチ定食を食べ、歯磨きを終えて少し早めに自分の席に戻ってくると、課長が翠を呼ぶ。

「笛木さん、今いいですか」

「はい」

課長の席に向かうと、背後から向けられる複数の視線が、背中に突き刺さって痛い感じがする。

市役所のこのフロアで、佐野以上に女性たちから人気のある独身男性。それが、翠の上司である小田義典《おだよしのり》課長だった。

銀縁眼鏡で、スーツの似合うすらりとした外見。今年三十七歳だというが、三十代前半にしか見えない。髪をかっちりわけていて、そういうところはお堅いサラリーマンっぽい。けれども、話してみると穏やかで優しく、話題も豊富なので、一度でも声をかけられた職場内の女性は、既婚・未婚に関係なくこの課長に好感を持ってしまうのだ。

だから、呼び出された翠に、羨望の視線が向けられても不思議ではない。そんななんじゃないのに……と思っているのは、翠だけだ。

「なんでしょうか」

「この書類、ファイリングしてもらえるかな」

そう言われて差し出された書類を、翠は受け取った。

視線が痛くなくなったような気がするのは、「なんだ仕事の指示か」と思われたせいなのか、「こんな見た目のぱっとしない女子力低めの子に、課長が興味を持つわけがないわよね」なのか。

どちらでもいいと翠は思う。

「笛木さん、作品、行き詰まっているの？」

誰にも聞こえないよう小声で尋ねられ、翠は苦笑した。

寝不足は、乙葉だけではなく小田にも見抜かれている。

「はあ、ちょっと」

「相談相手が必要なら、僕がいつでも聞くよ」

「ありがとうございます、そのうちに」

翠は軽く頭を下げると、渡された文書を持ってファイルを収めている棚に向かった。

小田は、上司や異性とは別の意味で翠にとって特別な存在だった。そして、小田にとっても翠の存在は特別だ。

ふたりの共通点——それは小説。

ただし、翠は書く側であり、小田は読む側という点で異なっている。

小田にとっては小説の中の登場人物こそが恋愛の対象で、彼は二次元のキャラクターに愛情を注ぎ愛《め》でる、いわゆる二次元オタクだったのだ。


翠と小田が互いの秘密を知り得たのは、今から一年前のことになる。

「休憩時間なのに、課長ったらずっと本を読んでる」

「仕事熱心よね。きっと仕事関係の本よ」

昼食から戻ってきた課員たちは、自分の席で本を開いている小田を見て囁き合った。

でも、なにを読んでいるのか聞きに行く女性はいない。ただ、本を開き時折ページを丁寧にそっとめくっていく仕草と、紙に真剣に注がれる眼差しがさまになっているので、遠巻きに見つめてうっとりしているだけだ。

「自己啓発本かもよ」

「案外濃厚な恋愛ものだったりして！」

「きゃー！」

妄想するのは自由だけれど、小田課長がそんなものを読むなんてあり得ないし、それを想像できる彼女らのほうが発想に独創性があるわと、翠は密かに感心した。

「あ、そうだ」

翠は、昼食に行く前に小田に頼まれていた書類を提出しなければならなかったのだが、窓口をほかの同僚と交代するほんの数分間に、小田が席を立ってどこかに行ってしまっていたことを思い出した。

翠は書類を手に、小田の席に近づいた。

「課長。遅くなってすみませんでした。この書類」

「はっ」

どうやら本に集中していたらしく、驚いて顔を上げた小田が手から本を離した。

それは机の上に落ち、ちょうど角に当たって翠の足元近くの床に下に開いた状態で落下した。

別に驚かせようと気配を消して忍び寄ったわけじゃないんだけどなと思いながら、翠はそれを拾う。

「あっ！」

小田の焦った声を聞きながら、翠が拾った本を閉じて渡そうとすると、ふと背表紙の文字が目に入った。

「これ……小諸沢遥《こもろざわはるか》先生の彗星の使者シリーズじゃ……」

「！」

自宅の本棚にも同じ本があるので、嬉しくなって思わず翠は口にしかけた。

その瞬間、手の中の本が、本来の持ち主の手に奪い取られる。

「す、すまなかったね、笛木さん。拾ってくれてありがとう。それで、書類はそれかな」

「あ、はい。こちらです」

翠は、書類を小田に渡した。本を拾うために咄嗟《とっさ》に脇に挟んだので、書類は少し変な折れ目がついてしまい、注意されるかと思ったが、なにも言われなかった。

まあ、課長の本を拾うためだったし、怒られる筋はないよねと思いながら、翠は席に戻り午後の仕事を再開した。

時々持ち込まれる文書を確認し、パソコンに打ち込んでいく。単純作業の合間に、翠は先ほど見た小田が読んでいた本について考える。

（小諸沢先生のあのシリーズ、五って書いてあったから最新刊よね。彗星の陰に隠れて極秘裏に地球に降り立った女王陛下と、それを追ってきた主人公の使者がかなり派手な追跡劇を繰り広げて、これまでのスペースオペラ的な内容よりアクションの要素が多めになっていた。私的には三巻が一番好きだったなあ。女王陛下は、主人公に迷惑をかけるようなこともなかったし、強くて責任感のある女性って感じで……）

気がつくと、手が止まっていたらしい。隣の席の乙葉に回覧の文書を差し出されて、我に返った。

小声でありがとうと言い、回覧用の名簿に確認済みを示すチェックを入れる。パラパラと文書のページをめくりながらも、思考はさっきの本に戻る。

小説が好きで、子供の頃からの読書量は誰に言ってもドン引きされる自信はある。

小学生の頃は一週間で十冊以上読んでいたし、中学校では図書室の物語の棚の本を三年生の夏休み前にほとんど読みつくしていた。それほど小説が好きなのだ。

自分で書くようになってからも、お気に入りのシリーズはこまめにチェックし、文庫本が出たらすぐに買って読むようにしている。

(小諸沢先生って、ファンは多いほうだと思うけれどベストセラー作家とまではいかないのよね。もうちょっと評価されてもいいんじゃないかなあ。読みやすい分、ややラノベ寄りだって評価されることが多いからかも。それにしても、小田課長があのシリーズを読んでいるとは。もしかして、私以上にオールジャンルに目を通す読書家なのでは？　課長の自宅、書斎があって、壁の三面がぎっしり本で埋まっていても違和感なさそう)

もちろん、翠は課長の自宅どころか住所も知らない。勝手な想像である。いつの間にか小説の内容から小田の自宅まで妄想していた思考を、翠はそこでいったん打ち切った。

いけない、いけない。本業の市役所の仕事はきっちりやる。そしてそれ以外の時間を執筆に使う。そう決めたんだから――

そうして翠は、パソコンのキーボードを再び叩き始める。

午後五時五十五分。定時を少し回り、今日の仕事のノルマを終えた翠は、思い切り腕を高く上げて伸びをした。

この時間帯になると、正面の自動ドアにも鍵がかかり、残っているのは職員だけだ。

翠は、自分の担当分の書類とファイルをまとめて所定の位置に戻すと、席を立った。残っている同僚たちに挨拶し、更衣室に寄って荷物とコートをロッカーから出す。そして更衣室を出る前に、忘れ物をしていないか鞄の中を確認した。鞄の中のプロット兼ネタ用のノートが目に入る。

「あ、しまった」

あと二ページでいっぱいになってしまうので、新しいノートを買わなくちゃと昨夜寝る前に思っていたのに、今朝はそんなことも忘れていつもの習慣で鞄に突っ込んできてしまった。思いついたことを休憩時間に書き込むこともあるけれど、今日はその余裕がなく、今までノートのことを思い出さなかった。

さて、どうする。今使っているノートはなんの変哲もない学生が使うような地味なノートだけれど、密かにもっと可愛い表紙のノートにも憧れていた。

それを買うために、以前から目星をつけている雑貨店に寄るか。時間が惜しいので近所のドラッグストアやコンビニで買うか。雑貨店に寄るならば、いつもと違う停留所を経由するバスに乗る必要がある。

休日を待って買いに出かけてもいいが、それまでにぶわーっとネタが降りてきてページがすべて埋まってしまわないとも限らない。

更衣室をあとにして出口に向かいながら、もっと早くノートを買っておけばよかったと翠は後悔した。

どちらの路線バスに乗るか決まらないまま、プロットノートを取り出してぱらぱらめくった翠は、昨夜書き留めたネタを見つめたまま立ち止まった。

（あ、なんか今いいアイディアが出そう）

そう思ってしまったのが運命を変えた。ここはまだ市役所の職員用のドアを出て数メートル。バスの停留所のそばだということを一瞬失念していたのだ。

「笛木さん」

「はいっ？」

背後から声をかけられ、翠はノートをぱたんと閉じる。聞き覚えのある声だ。振り返ると、翠の聞き間違いなどではなく、そこには小田が立っていた。

「お、小田課長」

しかも、至近距離だ。いつからうしろに立っていたのだろう。もしかしてノートを覗き込まれていたのではないかと翠は焦った。

「す、すいません。こんなところで立ち止まっていて」

翠は、急いで横にどこうとしたが、小田はその場に立ったまま翠を見つめて言った。

「今のは、なにかのメモですか。失礼、つい見えてしまったもので」

(み、みみ、見られた？　プロット見られた？)

「なにやら人物設定のような。セリフも書いてありませんでしたか？」

「か、かか、書いてありませ……」

書いてあった、書いてあったのだ。走り書き程度ではあったが、思いついた登場人物の設定と、こんな口癖があったらいいのではないかと思ったセリフを書いていた。

「」付きで候補をいくつか書き、一番いいと思ったものにご丁寧に赤丸までつけて。

これではいかにもセリフですと目立たせているようなものだ。

翠の否定の言葉にも、小田は追及の手を緩めない。

「もしや笛木さん……若い子がやっている同人誌とやらを」

「ち、違います！　同人誌は若い子じゃなくても作るし、これは小説の……あ！」

余計な訂正と共に口を滑らせかけた翠は、思わず口を手で塞いでむむむ……とくぐもった声を出した。

さて、同人誌を作っていると誤解されたほうがいいか、実は趣味で小説を書いていまして……と白状したほうがいいか。いいや、これは日記のようなブログをつけていてその下書き。いや、どれもみんな苦しい言い訳だ。

その間数秒。ふたりは、無言のまま見つめ合う。周囲に人けがなくて幸いだった。離れたところから見れば、ふたりは特別な関係にあるのかと疑われても仕方のないシチュエーションだ。

だが、事実はまったく違う。どうにか誤魔化したいと思う翠と、なぜか食い下がろうとする小田。互いの頭の中の考えを読み合い、次のひと言を練りに練っている。

最初に口を開いたのは、翠だった。

「彗星の使者シリーズ五巻」

「うっ！」

小田の小さな呻きを、翠は聞き逃さない。

「小諸沢遥先生が一年ぶりに出した最新刊。あまりに行動的な女王陛下が使者を振り回したので幻滅した、とまで言う熱烈なファンが現れて」

「それだ！　女王陛下はむしろ今までおとなしく書かれすぎていたのだと思う！　二巻の女王陛下の登場シーンを覚えているだろうか。使者に向けて放つセリフに、自分が玉座を離れて動けない焦燥感がにじみ出ていただろう？　今回の作品の方が、作者が今まで書けなかった女王陛下の姿なのだと私は思う」

まさに熱弁。一気にまくしたてる小田に、翠はぽかーんとした。きっと大ファンなのであろう小説のキャラクターを語るこの様子。

職場では声を決して荒らげることのない課長を、独身女性たち（中には既婚女性も）は紳士だの、まるで貴族だのと讃えて、キャーキャー騒いでいた。

それが、今の小田の様子はどうだ。

興奮した小田は目を丸くして言葉をなくしている翠にとんでもないことを提案してきた。

「これから飲みに行こう！」

「えっ⁉　嫌です！」

突然の誘いに間髪容れず断る翠。その間コンマ二秒。

ノートを買いに行く時間も惜しいと、ついさっきまで葛藤していた。突然上司と飲みになど行ったら、帰りは何時になることか。

反射的に断った翠は、固まった小田を見て「しまった」と思う。いくらなんでも、こんな断り方をしたら明日から仕事がしづらい。なんといっても上司なのだ。

そう思い直し、翠はあたふたと言い訳をした。

「あ、あのですね、これから予定がありまして。ノート、そう、ノートを買いに雑貨店に行かないと」

「なんのノートですか」

「え……」

またノートの話題に戻ってしまい、まさに藪蛇《やぶへび》だった。

さすがに、小説のプロットを書いているとは言えない。職場の人たちには内緒にしているのだから。

「えっと、なんでもいいじゃないですか。プライベートなことなんで」

「そう言えば、セリフのほかに相関図のようなものも書いてあった」

そのとおりで、登場人物たちの相関図が見開きの片面に書いてあった。

(まさかそれを見られてしまうとは。眼鏡をしているくせに、目がいいな、課長！)

「ノートを買ったら、飲みましょう」

「今日はとにかく遠慮します。平日は仕事に差し支えるかもしれないから、金曜日にしか飲まないと決めているんです」

嘘です。ノートを買って帰って、昨夜の執筆の続きをしたいんです。こうやっている間にもバスの時刻が迫っているんです——って言えたら楽なのに！

帰ろうとする翠。それを引き止めようとする小田。傍から見れば、怪しい関係どころか嫌がる翠にしつこく付きまとっている上司という図か、はたまた翠が別れ話を持ち出して、納得のいかない上司が別れたくないとごねている図か。

大人の恋愛ものの小説だったら、ここから惰性でよりを戻す展開もありよね、などとなんでもネタとして考えてしまう翠だった。

「だったらお酒ではなくてコーヒー！　一杯だけ！」

「コ、コーヒー、ですか？」

「ケーキもつけます」

普通に夕食を食べたい時間帯なのに、なに、この課長、どうしたの？　と翠はだんだん怖くなってきた。今まで自分に対してこんな執着を見せることなどなかったのに、突然どうしたのだろう。翠は小田の真意がわからない。じりじりと後退る翠に、ついに小田が本心を打ち明けた。

「語りたいんだ！　『彗星の使者シリーズ』について！」

「…………はい？」

「女王陛下の素晴らしさを！　もし、『彗星の使者シリーズ』がそれほど好きではないと言うならば、あいだ美祢《みね》先生の『飽食の探偵シリーズ』は？　田所尾次郎《たどころおじろう》先生の『狼が呼ぶ夜』は？」

「『狼が呼ぶ夜』と言えば狼人カノン！　あれ、めちゃくちゃいいですよね！　囚われていたカノンの過去が明らかになって、私、泣いちゃいましたもん！」

知っている小説、しかもお気に入りの作品のタイトルを聞き、翠はつい小田と同じくらいテンションを上げて答えてしまった。

はっと気づくと、小田の眼鏡の奥の目が細くなっている。やばいと思ったときは、もう遅かった。

「なんだ、やはり笛木さんは同好の士だったんですね」

読書家という点だろうか。それとも好きな小説の作風が似ていて共通の話題があるということだろうか。小田の『同好の士』という言葉の意味をぐるぐる考えていると、ちょうどバスが停留所に滑り込んできた。

小田は、翠と同じバスに乗った。

あれ、課長、こっちの方角だったっけ？　と思いながら、翠はうっかり口を滑らせたことを後悔し、バスの中でひと言も口を利かずに吊革に摑まる。

(このバスは雑貨屋の近くに停まるからそこで降りてノートを買うとして、店の隣にはちょうどカフェがあったし、そこでコーヒーの一杯も付き合えば済むかなあ)

走るバスの揺れに抵抗して足を踏ん張りながら、翠は考えた。

まさか、そのカフェで小田に小説に出てくる女性論を延々と聞かされ、自分は小説の中の女性にしか興味がないのだという爆弾発言まで勝手にされることになるとは。その挙句、翠のノートになにが記されているかも暴露させられ、執筆活動まで白状させられることになるとは、そのときの翠は思いもしなかった。

そして、翠は小田という極秘の相談相手を得、小田は翠という自分の性癖を唯一打ち明けられる身近な存在を手に入れたのである。

そんな互いの意思確認から一年。翠が執筆にはまって寝不足になったりネタに悩んでいたりすると、小田に気づかれるようになった。

そうして小田は今日のように、こっそり翠に声をかけてくるのだ。

寝不足はシャワーを浴びて冷えたドリンク剤を一発決めればどうにかなるだろうと思

いながら帰宅した翠は、パソコンを起動してメールをチェックし、一気に落ち込んだ。
先日コンテストに出した小説作品が、落選したとの連絡がきていたのだ。
中間選考に通ったときは、今度こそと期待していただけに、入賞もしなかった結果に気力を一気に削がれてしまった。
シャワーどころではなくなり、とりあえず携帯を出してチャット形式のSNSアプリを立ち上げ、小田に落選の報告をした。
《大丈夫？　落ち込んでいる？》
翠の落選報告にすぐに既読の文字がついて、小田から翠を心配するメッセージが返ってくる。
《かなり。本当はネタのことを課長に聞いてもらおうと思っていたのに、帰宅してメールチェックしたらいきなりこれですもん》
お互いのアカウントは、ふたりでカフェに行って閉店時間まで共通の好きなシリーズについて語り合い、秘密を暴露し合った夜に交換している。
《残念でしたね、青木美琴《あおきみこと》先生》
《やめてください〜、先生なんてつけないでください、こんなポンコツ駄文量産野郎に》
「青木美琴」は、翠が作品をコンテストに出すときに使っているペンネームだった。

小説投稿サイトにも同じ名で登録して、不定期で短編を公開したり、中編くらいの長さのものを連載したりしている。落選を知らされたばかりの今は、その名前で呼ばれたくなかった。

《私なんてもう小説を書かないほうがいいんでしょうか》

《そんな弱気にならないで。『カノッサの復権』全三巻を世に出した瀬倉剣《せくらけん》先生は、賞を取って書籍化されるまで十年かかったって、インタビューで言っていたじゃないですか。書籍化された途端、ほかの出版社からも執筆依頼がくるようになったとも》

《瀬倉剣先生は天才じゃないですかー》

《その天才が十年かかったんですよ》

《やばい！　私なんかじゃおばあちゃんになってからですね！》

さすが年の功。小田の言葉に上手く気分転換させてもらい、《明日にでもネタの相談に乗ってください。今日は励ましてくれてありがとうございました》と返すと、小田のほうからも《楽しみにしています、おやすみなさい》と返ってきた。

これで付き合っていないのも面白いというか、傍から見たら私も課長も変わり者にしか見えないよねと、翠は携帯を見ながらくすりと笑った。そして、机の上のパソコンの横に、ごんと額を打ち付ける。

趣味だから書くけど、好きだから書き続けるけど、落選の通知っていつもらってもきついなあ――

今夜は執筆するのをやめようと決めて、翠は立ち上がってキッチンに行き、冷蔵庫からよく冷えたレモン味の缶酎ハイを取り出した。

今夜はひとり残念会。明日の仕事に響かない程度にこの一缶だけ。酎ハイはするりと翠の喉を通っていき、レモンの酸味と苦みを残していった。

第一章　学園ヒーローの恋人は本の虫

その週の木曜日、翠があまりの眠気に瞼が閉じかけ、欠伸を噛み殺しながらつい俯きがちになっていると、乙葉から、具合が悪いのかそれともメンタルをやられて不眠なんじゃないのと心配された。

さらに、普段あまり話をしない佐野からも、眠気対策にと缶コーヒーをもらってしまう。

佐野は言動も行動も控えめにしているつもりのようだが、見るからに大柄なスポーツマンタイプなため、肉体的存在感がある。そんな彼が、いきなり隣に来て缶コーヒーを差し出してきたのには、翠もさすがにびっくりした。

「カフェインを取ったらいいんじゃないかと思って。ただ、本当に具合が悪いのなら、俺が仕事代わってやるから帰っていいぞ」

おずおずと缶を受け取りながら、この人を見上げると首が疲れるなあと翠はぼーっと思った。確か佐野の趣味は水泳とスキーだと聞いたことがある。いかにもアウトドア派なんだろうなと思わせる体格をしていた。これで豪快に笑っていれば、きっと目立つ存在になっていただろうにと思うこともある。

　さすがに佐野の言葉で、翠は思い切り目が覚めた。そんな風に見られていては、ついうとうととしている場合ではない。

　ちらりと小田のほうを見ると、小田も翠を見ていた。

（まずい、小説書いていて寝不足です、仕事できません、なんて無責任なこと言っていられない！）

　この職場で翠が小説を執筆していることを知っているのは、小田だけだ。だから、ほかの同僚は翠が執筆でスランプに陥っているなど露知らず、体調不良か、それとも精神的にまいって不眠を患っているのかと心配している。

　普段真面目に仕事をしているだけあって、夜遊びや夜更かしが原因じゃないかと言われることはないが、その分周囲に心配をかけているということが申し訳なかった。

　翠は、大汗をかきながら、ありがとうございますと佐野や乙葉にお礼やら謝罪やらをする羽目になった。

　そんな状況になった理由は、前夜の小田とのやり取りにあった。

《上手くいきませーん！》

　その日の夜、自室のパソコンの前で翠は携帯に心の声を打ち込んでいた。相手はもちろん、職場の上司、小田課長である。

今、翠は執筆している小説の設定に無理を感じ、悶え苦しんでいた。

コンテストに応募しようとして書き始め、締め切りも迫っているというのに、今頃設定で悩んでいていいのか。本当ならば、もっとプロットをしっかり作り込んでから書き出したほうがよかったのではないか。そう自問自答し続けながらも、書き始めてしまえばどうにかなると、甘い目論見《もくろみ》で執筆を開始したのだ。

そして、そんな目論見はやはり甘かったことに気づく。

基本中の基本である登場人物の設定が安易すぎて生き生きと動き出してくれないという落とし穴にどっぷりはまっていた。

《どんな作品ですか》

なにか発信すると五分と置かずに返信してくれる小田に、今では頼りっぱなしの翠である。一年前、自分の執筆活動を知られ、小田の二次元キャラへののめり込みようを知ってドン引きしていた頃からは、想像もつかないことだ。

小田は漫画ではなく小説ひと筋で、その中に出てくる女性に惚れ込んではいろいろとあることないこと妄想し、ひとりでうっとり、たまににやにやしているのだそうだ。その傾向は十代より二十代、二十代より三十代と強まってきたが、周囲に小田と同じように小説のキャラクターに入れ込んでいる人は誰もおらず、ずっとひとりで妄想を楽しむだけだったのだという。

そんな小田が、自分と同じ本をほぼ読んでいて話が合う相手として見出したのが、翠なのだった。それによって翠は、悩みを聞いてもらえる、相談にも乗ってもらえるという、頼もしいアドバイザーを手に入れた。

代わりに小田は、翠にも自分の推しキャラへの思いを聞いてもらうようになった。好きな作品について語り合うので、ふたりで意見交換ができるというメリットもあった。どちらかというと翠より小田のほうが、この関係を維持したがっている。

ちなみに、小田の好みは強く凛々《りり》しい女性で、婿にしてもらいたい尽くしたいと思えるようなキャラクターなのだそう。小田にはややＭっ気があるのではないかと、翠は密かに思っていた。

小田は今まで誰にも話してこなかった推しキャラへの愛情をとことん語れる相手を見つけて満足しているし、翠は執筆が滞ったときやアドバイスが欲しいとき、賞を逃して落ち込んでいるときに励ましてくれる相手を手に入れたのである。これこそＷｉｎ－Ｗｉｎの関係というものではないだろうか。

《敬談社《けいだんしゃ》さんのコンテストです。恋愛ものなんですよう》

今回、翠が狙ってるのは、敬談社という出版社が企画している小説コンテストでターゲットは十代から二十代の女性。ジャンルは恋愛もの。主人公は、男女どちらでもいいけれど、十代であること。そして文字数が十万字以上というのが応募条件だった。

恋愛ものは、翠は実は得意ではない。

なにしろ、経験がない。彼氏いない歴イコール実年齢という、あまり嬉しくない事実が、翠の前に横たわっていた。

今までの彼女の人生は、ひたすら読書に費やされてきたと言ってもいい。それで満足していたし、これからもあえて彼氏を欲しいとは思わない。

これまで読んだ本の中には、さまざまなシチュエーションの恋愛が出てきた。

どちらかが病気で亡くなってしまうパターンもの。どちらかが記憶喪失もの。どちらかが財閥の御曹司もしくは御令嬢の身分差もの。

ひとりの平凡な男の子に学園の美少女たちというハーレムもの。ひとりの平凡な女の子に学園のアイドルたちという逆ハーレムもの。親が決めた許嫁《いいなづけ》と高校で出会った彼氏との三角関係。不良の彼氏と無垢で純真な彼女の純愛もの。

エトセトラエトセトラ。

《読むほうと書くほうじゃ、感情移入の度合いが全然違うんですよう！》

翠の訴えに、小田が強く同意する。

《わかる！　読む側だからこそキャラクターに深い愛情を抱き、嫁に欲しい、いや、どうか婿にもらってくださいという気持ちになれる！》

いや、自分は女なんで、婿にしてくださいなんて気持ちにはならなかったです、と翠は思ったものの、悩みを聞いてもらっているので文字にはしなかった。

呟いたけれども。

声に出してはいるけれども。

《だからですね、今回は王道で行こうって決めたんですよ》

恋愛の王道もの、すなわち。

《学園のヒーローと、自分の容姿に自信のない地味目の女の子との恋愛もの。もちろんハッピーエンド！　どうでしょう！》

大筋だけは決め、主人公の女の子をどんな設定にするかを考えた。

いっそのこと外見も王道にしてしまえと、髪形は三つ編み、眼鏡をかけた本の好きな控えめな子ということにした。

本好きというキャラクター設定にしたものの、翠は外見を自分に重ねはしなかった。

というのも翠の高校時代の髪形は、耳の下で揃えたボブ。ちょうどいい具合に伸びてくるとすぐに親に切れと言われ、伸ばすことができなかったのだ。

親は、子供は髪が短いほうが手入れしやすいと思ったのか、そちらのほうが子どもらしいと思ったのか、それはわからない。

あの当時の翠は伸ばしたいと思っていて、髪を伸ばして結んだり編んだりしている子が羨ましかった。髪を伸ばした自分を夢想するも、そんなことで親と揉めるくらいなら、短くてもいいやくらいのものだった。大学時代も伸ばすことなく、そのまま就職し、今では短い髪もいいものだと思っている。

それから、眼鏡。

翠は、家の外ではコンタクトだが、目を酷使しているので自宅では少しでも目の負担を軽くしようと、帰宅してすぐにコンタクトを外し眼鏡をかけることにしている。だから、眼鏡姿の翠を見たことがある人間はほとんどいないはずだ。

三つ編みで眼鏡――ほら、みんながイメージしている私とまったく似ていないじゃないと、翠はでき上がってきたキャラクターに気分をよくした。ただ、気になるのは主人公の女の子の性格のおとなしさだ。

高校時代の翠は友人もそれなりにいたし、休み時間に図書室に行くときも教室に戻ってきたときも、声をかけ合っていた。そして、ときには本を閉じて友人たちと馬鹿話に興じることもあった。

対して、この主人公はなんだか友達がいなさそうな感じになってきている。そうなると、学園のヒーローとの仲が深まるにつれて孤立しそうなので、主人公を庇ってくれる友人が欲しくなる。

そこで、主人公にひとりだけ友人がいることにした。

小学校からずっと一緒の幼馴染みで、いつも主人公の相談相手になってくれたり、守ってくれたりする友人。活発で明るくて、主人公が内心羨ましがるくらいの子。

その子のキャラクターを考えたところで、そうか、親友も彼を好きになって、そこで友情か恋愛か、どっちをとるかで悩む展開になってもいいなと翠は思い始めた。

主人公は、親友のために身を引こうとするけれど、彼氏は主人公のほうがいいと言って追いかけてくる。親友もふたりの仲を応援していると励ます。うんうん、それでいこう。

あまりに使い回されている設定だけれども、翠は逆に楽しくなってきた。そこにどこまで新鮮な要素を入れられるかが、腕の見せどころだ。

「ようし、挑戦してやろうじゃないの」

恋愛ものが苦手なのに、そう考えてしまった時点で、翠はまずいと思えばよかったのだ。しかし、そのときは主人公と親友、ヒーローの三角関係に夢中になるあまり、書けると思ってしまった。

それから主人公とヒーローの仲に嫉妬して意地悪をする女の子たちを考え、担任の先生には、重要なポジションを与える必要はない気がするなどと、登場人物の設定をひとりずつ考えていった。

最後に残されたのは、学園のヒーローと呼ばれる、主人公とハッピーエンドを迎える男の子だった。本当は、主人公を考えた段階で、合わせて決めてしまえばよかった。だが、学園のヒーローと名づけただけでなんとなくキャラクター設定ができ上がった気になってしまい、後回しになっていた。

学園のヒーローというからには、生徒会長というのがよくあるパターンかもしれない。もしくはスポーツで大活躍。女の子たちが練習を見に殺到するくらいの人気と実力があるとか。

どちらにしようかと考え、翠は学園のヒーローをサッカー選手にした。

ヒーローとヒロインは対極にいる男女にしようと思ったので、主人公が三つ編み眼鏡本好きのインドアな子だったら、彼氏はスポーツ万能、周囲の期待も大きい爽やかイケメン。みんなにちやほやされて、ちょっと俺様が入っているようなアウトドアな子がちょうどいいだろう。
よし、できた！　これでいこう！　そう考えてまずは主人公の日常から書き始めたはいいが、早々に行き詰まってしまった。
そこで、小田にメッセージを送って、弱音を吐いたのである。
《よくある王道設定にするなら、どこかでトリッキーなことをしないと》
《そうなんですよね。でも私、書いている間に思いつくことも多くて、きっちりプロットを練り上げてから書き出すタイプじゃないんです》
名の売れた作家でもないくせになにを偉そうにとも思うが、翠は今までそうやって書いてきたので、今回もそれでいけるはずだった。
しかし、いけなかった。
ヒーローとヒロインの出会いも、その後のふたりの関係の進展も、なにもかもがちぐはぐに思えて、前に進めなくなった。
《書いているうちに、登場人物が動き出す。そういうことってあると思いませんか、課長》
《僕は自分で書いたことがないから、その感覚はわかりません》
律儀に返してくれる小田は、読んで妄想することに特化した自称二次元オタクで、自分で文章を書こうとは思わないらしかった。
《とにかく、もう一度設定を見直してみたらどうですか》
《やっぱりそうですかね》
《まだふたりが出会っていないところで、執筆が止まっているのであれば、そもそも設定に無理があるのではありませんか》
痛いところを突かれて、翠は一瞬返事をすることができなかった。無理がある、そのとおりだ。
教室でぽつんと本を読んでいる主人公。図書室に向かう主人公。読みたい本を見つけて、ちょっとだけ嬉しそうに微笑む主人公。その本を借りて、司書の先生に声をかけられて返事をする主人公。そして、その本を手に教室に戻る主人公。戻ってきた主人公に声をかける親友。
そこまでは書けた。そこまでは。問題は、そのあとだ。
《彼氏が出てこないーどーこー？》
《それじゃ彼氏は出てこないでしょうねえ。だから、今夜はゆっくり休んでください。明日になれば、なにか思いつくかもしれません。それに、明日も仕事はあります》
《そ、そうですよね。すみません、課長。ありがとうございました。おやすみなさい》

《はい、おやすみなさい》

翠は携帯を充電ケーブルに繋ぐと、ため息をついた。

仕事は休めない、休まないと決めた。でも、コンテストの締め切りも迫っている。このまま無理して小説を先に進めてもいいものかどうか。諦めきれずに、ああでもないこうでもないと悩み、パソコンに向かって二ページ書き進めたところで、やはり気に入らず新たに打った文章をすべて削除した。

結局ベッドに入ったのは、日付がとうに変わった午前三時過ぎ。寝不足の状態で出勤し、今日の窓口対応はどうにかできたものの、昼食後の眠気は半端なく、パソコン前で瞼が何度も閉じそうになったというわけだ。

明日はどうしても眠そうな様子を周囲に見せられない。

「でも、締め切りが……あー、もう！　もうちょっと！　もうちょっとだけ！」

翠は諦めきれず、再びパソコンに向かいキーボードの上に指を置いた。書き出そうとするが、すぐに止まる。

退屈な授業。いつも親友と向かい合って食べるお弁当。本を読んで過ごす昼休み。つい うとうとしてしまう午後のけだるい時間。

放課後、級友たちがばたばたと教室から部活へと出ていく中、帰宅するためにゆっくり教室をあとにする主人公。

「だめだ！　ヒーロー出てこない！　今頃ヒーロー、部活に行ってるよ！」

翠は手をキーボードから離し、髪の毛を掻きむしった。

きゃあきゃあ騒ぐ女の子たちの群れのうしろを、主人公が通り過ぎて……。サッカー部が練習をしているグラウンドの横を通る設定にしても、接点ができない。このままだと、主人公が帰っちゃう！

「ヒーロー！　そうだ、ボール！　ミスしてボールが主人公のほうに……って、主人公に当たる前に、ヒーローを見に来ている子たちに当たる！」

どうやっても上手くいかない。翠は、もう寝てしまおうかなと、椅子の背もたれにぐったりともたれかかり、腕をだらりと下げた。

(なにやってんだろ、私……。まだ、素人も素人、一度も賞を取ったこともないどころか佳作にも引っかからない、趣味の域を出ない才能もないど素人なのに、王道で勝負とか何様……)

一文字も先に進めず、思考はどんどんネガティブな方向へ落ち込んでいく。

今夜はもうだめだ、課長の言うとおり本当に寝たほうがいいかもと、翠は立ち上がりかけ、うっかり机上のワイヤレスマウスを落とした。しまったと机の下に潜り込んで、マウスを拾う。

そのまま体を起こそうとした翠は、頭をしたたかに机に打ち付ける羽目になった。

バコン！

頭に衝撃が走る。

「い……ったぁー！」

翠は、今度こそ痛い思いをしないように、打ったところを押さえながら低い姿勢でそーっと注意して机の下から出る。

フローリングの床にペタンと座り込んだ次の瞬間、翠は再び衝撃に襲われた。

バッコーン！

「ったあああい！　な、ななななんで？」

座っているだけの体勢で、ぶつけるところなどどこにもないはずなのに、この痛みはなんだろう。翠は、頭を押さえたまましばし呻いた。

天井から落ちてくるものもないはずだし、部屋には自分しかいないはず。では、なんの衝撃かと涙目でうしろを振り返った翠は、今度は驚いて腰を浮かせかけていた姿勢から、またしても尻をついてしまった。

「だ……っ、だだだ誰？　ど、泥棒？」

「誰が泥棒ですか、お母さん！」

「お、お母さん？」

床に尻もちをついたまま、翠は目を白黒させた。振り向いた彼女の目の前に、ひとり暮らしの自分の部屋にはいるはずのない他人がいる。

翠よりずっと若い女の子だ。セーラー服で、三つ編みに眼鏡をかけ、手には分厚い本を抱えている。

二度目の衝撃は、その本で叩かれたせいらしいとわかり、翠は顔を顰めた。きっと表紙か裏表紙で叩いたのだろう。もしあれだけ分厚いハードカバーの本の角で殴られたら、出血するとか瘤《こぶ》ができるとか、それなりの怪我をしたはずだと思うとぞっとする。

その子が、あろうことか翠のことをお母さんと呼んだ。二十七歳独身彼氏いない歴二十七年の翠に、こんな大きい子供がいるはずがない。

そして、その外見は、たった今まで自分が書いていた小説の……

「本の虫のヒロイン⁉」

「本の虫ってなんですか！　ちゃんと名前を呼んでください！　お母さん、名づけてくれたじゃないですか」

「あ……ごめん」

つい、主人公と呼んでいたけれど、書き出しで翠は主人公の少女に『香取文乃《かとりあやの》』と名づけていた。

いたけれど。

「えっと……あれー？　私、眠っちゃって、これ、夢かなー？」

翠は、軽くパニックを起こしていた。今、目の前に、自分の小説に登場させている主人公の少女が立っている。設定のとおりの恰好で、自分をお母さんと呼ぶ少女。

「夢だ……。うん、夢……。今まで目の前に自分の小説のキャラが出てきたことなんかなかったのになー……もしかしたら悩みすぎて、遂に夢に登場しちゃったか……」

「夢じゃないです、お母さん。私、お母さんに言いたいことがあって出てきました」

「嘘！」

翠は、そーっと手を上げて、自分の頬をつねってみた。

「これは夢だから痛くないはず、痛くな、痛……痛いー！」

(痛いということは、え、これ現実？　現実のわけないよね？)

今度は痛みを信じられなくて、翠は口をパクパクさせるも声を出せなかった。

そんな翠を見つめていた少女が、翠の目の前に膝をついた。目線が同じ高さになる。

少女は、手に持っていた本を、そっと床に置いた。

「さっきはお母さんに気づいてもらいたくて、乱暴なことをしてごめんなさい。本は人を叩くために使ったらだめですよね。大切に扱わないと」

悲しそうに目を伏せる少女に、翠はようやく言葉をかけた。

「あのー……本当に……文乃ちゃん？」

「そうです、お母さん」

「いや、お母さんて……」

「だって、私を生み出してくれたじゃないですか。だから、お母さんですよ。私を産んでくれてありがとうございます」

そんな歳じゃありませんという抗議も忘れ、この怪奇現象はなんだと恐怖するのでもなく、翠はふつふつと湧き上がる感動に目が潤んできた。

自分が作り出したキャラクターが目の前に現れて、自分をお母さんと呼んだ。自分のキャラクターから、生み出してくれてありがとうとお礼を言われる。それが、こんなにも嬉しいことだなんて！

「あ、文乃ちゃん……っ」

抱きしめようと翠が手を伸ばすと、少女の悲しそうな表情が一転し、目つきがきっと鋭くなった。

「お母さん！　私、お母さんに抗議するために来たんです！」

「へ？　こ、抗議？」

「そうです！　お母さん、私、サッカー選手に興味ありません」

「それかーっ！　まさかの主人公からのだめ出し！」

翠は床に尻もちをついたまま、頭を抱えた。

自分が作り出した典型的地味少女の文乃から、王道彼氏の学園ヒーローに興味なしと宣言されたのだ。翠はふたりの出会いのシチュエーションをどうするかに苦しんでいたが、それ以前に決定的な路線変更を求められたということになる。

（というか、今のこの状況、小説のネタになるんじゃ？）

「お母さん！　聞いてますか？」

「はいっ！」

つい、いつもの癖でネタを妄想し始めたところで、翠は文乃から叱られる。さすが自分が生み出したキャラクター、私の考えていることまで伝わっちゃうのかなと、翠は顔を上げた。

そのまま、なんとなく正座の姿勢になる。なにしろ、抗議されている最中なのだ。

「お母さん。私に彼氏を用意しようとしてくれたのは、ありがたいです。でも、私、スポーツばかりしている人と付き合いたいとは思いません」

「で、でもさ。学園のヒーローとまで言われているイケメンだよ。ほかの女子から嫉妬されるくらいの」

「それで陰口を叩かれたり、嫉妬されて集団で無視されたりするんですか？　そのほうが怖いです。私、恋愛はちょっと……」

「いやいやいや！　だって、小説のテーマは、恋愛だし！」

その根本から否定してどうするの？　と、翠は慌てた。

主人公の文乃が恋愛をしたくないと言ったら、最初から全部書き直し。登場人物の設定もまるっと作り直しということになるのだろうか。もし、そんなことになったら……

「だめー！　それはだめー！」

「お、お母さん!?」

急に大声を出した翠に、厳しい表情で怒っていた文乃が目を丸くした。そんな文乃の手を、翠が握る。

「だめだよ、それじゃあ。私、こうして会っちゃったんだから。書き直して、文乃ちゃんをいなかったことにしちゃうなんてできない！　だって、だって、私……」

あなたのお母さんなんでしょ？——

「お母さん……」

「それじゃあ、一緒に考えよう。文乃ちゃん、どんな人だったら彼氏にできる？　どんな人と恋愛したい？」

「どんな人って……」

翠は必死だった。自分が書いている小説は作り物かもしれないけれど、こうして目の前に主人公の少女がいる。翠が考えた設定がよくないと一生懸命抗議をする彼女を、自分の考えの甘さのせいで消去するなんて絶対にしたくなかった。

翠の勢いに、恋愛はちょっと……と消極的な姿勢を見せていた文乃も、真剣に考え始めた。

「私の趣味に合っている人がいいです」

「ということは、本を読む人がいいってことよね」

「できれば。そうでなければ、私が本を読んでいるのを邪魔しない人とか、馬鹿にしない人、からかわない人」

「うんうん」

ちょっと待ってと断りを入れ、翠は立ち上がって机の上のパソコンのそばに置いておいたノートとボールペンを手に取り、再び床に座り込んだ。そしてノートを広げ、文乃の前でメモをしていく。

「趣味が合う人……自身も本を読むか、読んでいるのを邪魔しない人……」

だったらと、翠はほかの候補者をメモしたページを開く。

「生徒会長がいたっ！　うん、いつも試験で学年一位の成績超優秀なイケメン生徒会長は？　彼だったら、本を読んでいそうじゃない？」

「でも、生徒会長ってきっと忙しいですよね？　私、生徒会役員じゃないから、会うことも話すこともないし」

「じゃあ、文乃ちゃんも生徒会役員になれば？」

「なりませんよ。委員会だったら、図書委員がいいです」

それはわかる。自分もかつては図書委員だったと、翠は頷いた。

「図書委員、いいよね。当番だって言って、休み時間中ずっと図書室にいてもいいんだし、放課後も司書の先生のお手伝いをしに行けば本が読めるし」

「そうなんです。だから、生徒会役員にはしないでください」

「うーん、気持ちがわかるだけに、無理強いはできないよね」

だったらと、翠は次の案を持ち出した。

「ヒーローなんだし、大財閥の家の孫っていうのはどうかな。自宅には豪華な書斎があって、文乃ちゃんは招待されてそこに行くの。好きな本を好きなだけ読んでいいよって言われて……」

「素敵……」

本に囲まれた自分を想像し、翠と文乃はふたりでうっとりとする。

そんな部屋があるなら、一生そこで過ごしていたいと翠は思う。仕事に行く必要がなくて、時間になれば食事が用意され、いつ寝ていつ起きてもよくて、好きなだけ本を読むことができるなんて生活があるなら、自分だって憧れる。

しかし、文乃の思考は鋭かった。

「そんな大財閥の家の人と、普通の家の私が、どうやって知り合うんですか」

「そうだなー……」

「きっと、そんな人には取り巻きとかいるんでしょう？　そういう人の中に入っていくの、私、怖いです」

確かに翠は、大財閥の孫を登場させるなら、同じように家が裕福な友人たちを男女共に登場させて、取り巻きにしようと思っていたのだった。そんな集団の中に文乃が入ったら、怖い目に遭うのは避けられないだろう。

でも。

「じゃあ、文乃ちゃん、やっぱり図書委員になろう」

「え、いいんですか」

「うん。でもって、文乃ちゃん、その孫の彼女になっちゃおう」

「そ、そんな！　たった今、怖いから嫌だって言ったのに！」

「待って！　いい設定、いや、方法を思いついたの！」

翠は、怯《おび》えている文乃の手を再び握って、励ました。

「あのね、その坊ちゃんがね、大財閥の総帥《そうすい》であるお祖父ちゃんから問題を出されて、その答えを見つけなくちゃいけなくなるの。ヒントは、ある本の中の一文だけ。でも、坊ちゃんはそれがなんの本かわからない。ネットを使うのは禁止って言われて……そうね、答えが見つからなければ後継者リストから外すって宣言されるのよ」

「そんな乱暴な」

文乃は呆れた様子を見せたが、翠はそのまま話を続ける。

「金持ちのお祖父ちゃんは、変わり者としても有名なのよ。でね、最近はネットで検索すればなんでもわかるとみんなが思っているけれど、そんな楽ばかりしてたら本当に優秀な人とは言えないからって、人に聞くことだけ許可されるのよ。で、坊ちゃんは国語の教師とか司書の先生に聞くの。でも、その本は図書室にはなくて、先生たちも読んだことがない。それをたまたま司書の先生の仕事を手伝っていたあなたが聞いていて、両親か祖父母からもらって読んだことのある本だったから、答えを教えてあげられるの。坊ちゃんは、お祖父ちゃんに正しい答えを伝えて合格をもらう。でもね、お祖父ちゃんは坊ちゃんに言うのよ」

おまえに知恵を授けてくれた人を連れてきなさい。お礼を言うからって――

「そうしたら、そのお屋敷に行けるじゃない」

「い、行きたくないです、なんか怖い」

「大丈夫。そのお祖父ちゃんはね、あなたを見て賢いお嬢さんだって即座に見抜く。孫を助けてくれたお礼にって書斎に通してくれるの。そこには、本棚いっぱいに本が並んでいて、いつ読みに来てもいいって言ってくれるのよ。何度来ても、どれくらいいてもいいって。ただし、本の持ち出しは不可。読みたいならここで読みなさいって言われるの」

そうやって、お屋敷の書斎に入れるようになるって設定はどう？　と翠は文乃に尋ねた。

文乃は、まだ不安そうな様子でいる。

「そんな、いつでもなんて、とてもじゃないけど行けないです。図々しいじゃないですか」

「いいのよ。変わり者のお祖父ちゃんだけど、その家では絶対的な権力を持っているの。そのお祖父ちゃんがいいよって言えば、誰も逆らえない。孫である坊ちゃんもね」

新しい設定にしたら、話がどんどん進み始めた。その心地よさに、翠の話は止まらなくなる。

「坊ちゃんは当然面白くない。自分がこれまでまったく気にも留めてこなかった、クラスでも地味でおとなしい子がお祖父ちゃんから認められたんですもの。だから、あなたに二度と来るなって言うんだけど、それがお祖父ちゃんにバレて叱られるの。知恵を授けてくれた人に恩を仇で返すような愚か者に、この家を継がせるわけにはいかないってね。そう言われたら、お祖父ちゃんには逆らえない。学園のヒーローも、お祖父ちゃんの前じゃ無力な子供ってわけよ。そうね、お父さんはもう亡くなっていることにしよう。本当だったらお祖父ちゃんが亡くなったら孫が跡を継ぐはずなんだけど、それを許さないって。遺言状に、この家のすべてをその孫ではなく従兄弟か叔父さんに渡すと書くと言われた坊ちゃんは、不承不承その後もあなたを屋敷に連れてくるのよ」

「でも、そういう展開って……」

先へ先へと話を進める翠に、文乃が待ったをかけた。

「恋愛要素ゼロじゃないかしら。私、本を読むためだけにお屋敷に招かれるんでしょう？」

「そこなのよ！」

恋愛ものなのに、主人公の文乃は書斎に入りびたりで本ばかり読んでいる。彼氏候補の坊ちゃんには目もくれない。

「今まで坊ちゃんは学園ではモテモテ、使用人からも甘やかされてちやほやされてきたのに、あなたは一切彼に目を向けない。だから、坊ちゃんの方が焦れてなにかとあなたの気を惹こうとしてくるの。でも、あなたはそんな坊ちゃんにはまるで興味がない。だんだん必死になってくる坊ちゃんが空回りして、ついあなたを傷つけるようなことを言ったり、酷い振る舞いをしたりするのよ。たとえば、そんなに本ばかり読んでいるから現実の男の気持ちもわからないような女になるんだ。本物の彼氏ができない寂しい十代だとか。読もうと思って本棚から出しておいた本を隠して、失くした犯人の濡れ衣を着せるとか。それを知ったお祖父ちゃんが怒って、坊ちゃんがまたしても跡継ぎ候補から除名されそうになる。気持ちを傷つけられたはずのあなたがいい方法を思いついてその窮地から救ってあげる。気にしてませんとか、本が無事でよかったとか、あっさりと。本当はひとりでひそかに泣いているんだけどね。そんなことを繰り返しているうちに、坊ちゃんはあなたしか目に映らなくなるのよ。賢くて、見返りを求めない。自分を必要以上に持ち上げないけれど蔑みもしない。ひとりの人間として対等に扱ってくれる貴重な異性として」

そこまで一気に語って、翠はふーっと息を吐いた。今ならなんだかすらすら書けそうな、そんな気分になったのだ。

その後は、祖父が決めた坊ちゃんの許嫁を登場させるのはどうだろう。いや、取り巻きのひとりの少女が坊ちゃんの文乃への執心ぶりに苛立って罠を仕掛けるも、文乃ではなく逆にその子自身がピンチに陥って、それを文乃が救うのはどうだろうと翠の考えるストーリー展開はとどまるところを知らない。

本来なら、ピンチに陥るのは主人公のはずだ。でも、この主人公の文乃は、誰かに注目される、嫉妬される、悪意を向けられる、そういったことをとても恐れているので、ピンチに陥る設定は、きっと嫌だと言うだろう。

だから、立場が悪くなるのは文乃ではなく、罠を仕掛けたほうの少女ということにして、それを文乃が救うことで少女とは和解して、坊ちゃんは今度こそ文乃の優秀さに惹かれ、気持ちを傾けていくことにすればいいのだと考えた。

あとは、文乃が坊ちゃんに対して恋愛感情を持ってくれれば——

「お母さん」

「うん？」

先の先まで考え込んでいた翠は、文乃に話しかけられて我に返り、「どうしたの？」と顔を覗き込んだ。いや、覗き込もうとした。

なのに、急に目の前がぼんやりして、文乃の顔がよく見えない。体中がふわふわとしてきて、翠はなにかがおかしいと感じた。

これは夢ではなかったはず。文乃を見て頬をつねったら痛かったのだから――なのに、この感覚は？

「お母さん、私の気持ちをたくさん考えてくれてありがとう」

文乃の声が、やけに遠い。目の前にいるはずなのに、なぜか遠くて聞き取りづらい。

「お母さんが一生懸命考えてくれたから、私も勇気を出して誰かを好きになってみます。お母さん、今度はお話の中で私と会ってね」

「待って……待って、文乃ちゃん……待って……」

待って――！

ピピピピピ！　ピピピピピ！

鳴っているのは、紛れもなく翠の目覚まし時計。翠は、床に横になっていた。翠はセットした覚えのないそれを止めるために、腕を伸ばした。

「うっ……！」

「待って！　…………って、あれ？」

首がぐきりと嫌な音をたてて痛んだ。

目覚まし時計は、ベッドの枕元のいつもの場所で、徐々に音量を上げながら鳴り続けている。硬い床の上で眠っていたせいか、体のあちこちが妙に痛い。

あいたたたと声に出しながら、翠はゆっくり起き上がって目覚まし時計を止めた。それから、部屋の中を見回す。

ついさっきまで文乃と会話を交わしていたはずなのに、ひとり暮らしの翠の部屋には、誰かほかの人間がいる気配はなかった。

床には、外した覚えのない眼鏡がたたんで置いてあり、それと並んでノートが広げたままになっている。そこには、確かにあの主人公の少女文乃と話しながらメモをしていたはずなのに、まっさらなページがあるだけだった。

翠はがちがちに固まった体を少しずつ動かし、どうにか立ち上がって、机の上のパソコンに触れた。スリープ状態になっていたパソコンは、再びパスワードを打ち込むと書きかけの小説の画面に変わる。

しかしそれは、水曜日の夜小田に相談したときの状態。文乃と話して学園ヒーローの登場を思いつく前で止まっていた。

「あれ？　文乃ちゃん、確かにいたよね？　いや、そんなはずないか。やっぱり夢かな。でも、なんかすごーくリアルだったような」

文乃がいた痕跡は部屋のどこにも残っていない。ただ、文乃に向かって話したことは、すべて覚えていた。

翠は、忘れないうちにと、ノートに書き留め始める。今日、仕事を終えて帰ったら、すぐに執筆に入ろうと。

「待っててね、文乃ちゃん」

きっと素敵な恋愛をあなたにプレゼントしてあげる――

翠は、頭の中にある文乃の顔を思い浮かべ、口元を緩めた。

だが翠は、そのとき気づいていなかった。本棚の一番下の段の端に、中身が白紙で題名の書かれていないハードカバーの本が収まっていることに。

それは、文乃が翠の頭を叩いた本だった。

その本の存在に翠が気づくのは、まだ先の話になる。


「今日は元気そうだな」

ふじき野市役所市民生活部市民生活課。

その窓口業務を終えた翠に、先輩の佐野が話しかけてきた。

「はい。昨日は缶コーヒー、ありがとうございました」

翠がお礼を言いながら立ち上がろうとすると、佐野は「おう」と手を上げて、自分のデスクに戻っていった。

「ちょっとー。よかったじゃない、今日も佐野さんに声かけてもらって」

椅子ごと体を移動させてきた乙葉に小突かれて、翠は手を振った。

「違う違う、私が寝不足だったのをすごく心配されちゃって。佐野さんて優しいよねえ。さすがスポーツマン。面倒見がいいっていうか」

「いやいや、スポーツマンは関係ないわよ。私なんかほかの人にだって、缶コーヒーもらったことないんだからね」

それは、乙葉が眠たそうな様子を見せないからだ。昨日の自分は本当に具合が悪いんじゃないかとみんなから疑われるほどぐったりしていたんだろうと、翠は恥ずかしさで顔が赤くなった。

しかし、そんなことなど今はどうでもよい。翠は早く家に帰って、小説を一から書き直したくてたまらなかった。それには、設定をもう少し細かいところまで詰めなければならない。

大財閥のお祖父ちゃんが坊ちゃんに出す問題とか、坊ちゃんが文乃に助けてもらわなければならないような状況とか、文乃に仕掛けられる罠とか。考えなければならないことは山積みだ。

しかし、一昨日小田にSOSの連絡をしたときより、問題点はすっきりとクリアになってきた。

帰り支度をし、一番に更衣室を出た翠は、いつもより一本早いバスに乗る。ラッキーなことに途中から目の前の席の人が降り、座ることができた。

そこで携帯を取り出すと、SNSアプリから通知が来ていて、アイコンをタップすると、小田からの書き込みがあった。

《どうやらいい案を思いついたようですね。元気になってよかったです》

そうか。職場ではなにも言われなかったけれど、課長も自分のことを心配してくれていたんだと、翠は嬉しくなった。

早速、返信を書き込む。

《ありがとうございます。今夜から修正した案で書いてみます。完成したら、コンテストに出す前に読んで感想を聞かせてくれますか》

翠の依頼に、小田からすぐに返事がきた。

《もちろんです。その代わり、山之内登和《やまのうちとわ》先生の『仮面の王室』シリーズの最新刊が来週出ますから、お互いに読んで意見交換しましょう。特に、王を支える女神官！　最新刊では大活躍するらしいんですよ！　彼女みたいな人に錫杖《しゃくじょう》で脅されながら命令されて働けたら、すごく幸せなことだと思いませんか》

そのシリーズも一巻から読んでいる翠は、小田の言う女神官が戦士も顔負けの強さを誇る武闘派だと知っていた。

課長はやっぱり強い女性が好みなんだなあと思いながら、翠は了解しましたと返事をする。

（さて、私の文乃ちゃんはそんな強い女性ではないけれど）

必ず幸せにしてみせるからねと、翠は心の中で誓った。

それから一週間で翠は作品を一気に書き上げ、読み直して、細かいところの手直しをした。

学園のヒーローと言われて祭り上げられている少年は、それなりにイケメンに描写できたし、文乃がからむとちょっとうっかりさんになるという愛嬌も書けたように思う。

文乃は、大好きな本の世界にたっぷり浸り、最後は彼女が本を読むことを尊重してくれるイケメンを彼氏にできて、幸せになれた。

別バージョンとして、主人公の文乃が罠にはまってピンチに陥り、そこを今度は逆にイケメン坊ちゃんに助けられることでふたりの仲が急速に深まる、ということも考えた。

だが、悪意のある人間の罠にはまって苦しむ文乃をどうしても書きたくなかった。

そのせいで少し物足りなさはあるかもしれないけれど、これでいいのだと翠は自分を納得させることにした。

小説を完成させた翠は、タイトルをつけて小田の自宅のパソコンにファイルを送った。

二日後、小田から感想が届く。

《初めの案よりずっとよくなっている。恋愛要素がもう少し強くてもいいかもしれないけれどね。変人のお祖父さんがコミカルで楽しめた》

真面目な小田らしく、具体的に批評してくれるのがありがたかった。

コンテストのジャンルは恋愛ものなので、その要素が薄いのはまずいのかもしれない。

「でも、文乃ちゃんだったら、初めはこれくらいの恋愛で十分よね」

もう一度データファイルを開いて、読み返してみる。

文乃が、最後のページではにかみながら幸せに笑っている顔が思い浮かび、翠はこのまま出そうと決心した。


公募作品『学園ヒーローの恋人は本の虫？』改め『学園ヒーローは読書少女に夢中』抜粋

青木美琴

「ここがわしの書斎だ。さあ、遠慮なく入りなさい、お嬢さん」

大財閥の総帥である龍堂寺恒造《りゅうどうじこうぞう》に案内されて書斎に足を踏み入れた文乃《あやの》は、その豪華さに絶句しその場に立ち尽くした。

どの壁も天井に届く書架で覆われており、本がぎっしり詰まっている。それだけでもうっとりするような光景なのに、この紙の匂い――

「あの、もしかして、すごく古いものも置いてあるんでしょうか」

「もちろん。文豪の貴重な初版本なんぞも混ざっておる。まあ、一種の道楽だな。そんなものより、読む価値のあるものはたくさんあるわい」

文乃は、よろよろと一歩前に足を踏み出した。

「おい、おまえ！」

そんな文乃の腕を、勇翔《はやと》が摑んで引き止める。その力に、文乃はハッとした。無意識に、本に引き寄せられるかのように前に進もうとしていたのだ。

「す、すみません！　こんな天国みたいな部屋、初めて見たもので」

「天国……」

勇翔が、複雑な顔をした。あまり本を読まない彼にとってこの書斎の価値は、祖父が集めた高額の希少本を収めているくらいのもので、それ以上ではない。だが、この家の者でもなんでもない、偶然自分を救ってくれた少女が勝手に入るのは面白くなかった。

そんな勇翔を諫《いさ》めたのは、祖父の恒造だった。

「余計なことをするんじゃない！」

「お祖父様？」

「わしがいいと言うておるんじゃ。このお嬢さんには、これから半永久的にこの書斎に出入りする権利を与える」

「ええっ！」

「お祖父様！　それは……！」

恒造の言葉に、文乃と勇翔が同時に叫んだ。

文乃はまるで夢のように幸運な申し出に驚いたからであり、勇翔は祖父の気まぐれに抗議して。

「彼女は確かに俺を助けてくれましたが、そんなのは偶然で、しかもただの一度ですよ」

「その一度がなければ、おまえはわしの後継者になれんところだったのだぞ。恩を仇で返すような人間に、この龍堂寺財閥を任せるわけにはいかん！」

祖父にきつく叱られ、勇翔はぐっと唇を噛みしめて黙り込んだ。

「ほら、お嬢さん。入ってみなさい。なにかお気に入りの本はあるかな」

恒造に促され、文乃は一歩また一歩と書斎の中に入っていった。

どこから見たらいいのかわからない。ただただ本の数に圧倒される。恒造が言うように希少な本もあるのだろう。豪華な装丁の本も少なくなかった。

部屋の中をぼうっと見回していた文乃は、やがてふらふらと導かれるように右側の棚に吸い寄せられるように近づいて行った。

その棚から、一冊の本を取り出す。

「これ、昭和後期の文豪と言われた大木《おおき》幸盛《ゆきもり》の晩年の作品……」

「ほう、さすがに知っておったか。読みたいかね」

「はい！」

文乃は、一瞬も躊躇うことなく凛とした声で返事をした。

その声を、勇翔は目を丸くして聞いていた。

この地味な眼鏡少女は、決して声を張り上げたり、自己主張をしたりするような子ではないと思っていたのだ。華やかさが微塵もない、ほかの少女たちの後ろに隠れてどこにいるのかもわからないような平凡この上ない子――それが、本を抱きしめるようにして恒造に返事をするその姿は、地味でも引っ込み思案でもなかった。

眼鏡越しでも、きらきらと輝いているのがわかるほど大きく瞳を見開いて恒造を見つめている。重いハードカバーを手にしているにもかかわらず、その重さをしっかりと受け止めてしゃんと背を伸ばして立っていた。

勇翔は、文乃がまるで本の女神かなにかのように思えて、すぐにそんな馬鹿など自分の考えを頭から振り払った。

「お嬢さん、ここにある本は持ち出してはならん。それが守れるのであれば、いくら読んでもかまわんよ」

「本当ですか！」

「老いたりとはいえ、この龍堂寺恒造、二言はない。それに、お嬢さんは賢く聡明だ。この書斎の客として、これほど相応しい人間はおるまいて」

さあ、座って読みなさいと、恒造は書斎の中のソファーセットに促した。

形の違うひとり掛けのソファーとサイドテーブルのセットが、書斎の中にいくつも置かれていた。そのひとつに、文乃は腰掛けた。

それは、まるで文乃がここに座ることになるのを予測していたかのように、彼女の体にしっくりと馴染む。

ソファーの肘掛けを撫で、膝の上の本の表紙を愛おしそうに撫でると、文乃は立ち上がって恒造に礼を言った。

「ありがとうございます。大切に読ませていただきます」

そうして文乃は再びソファーに腰掛け、本を開いた。心は既に物語の中に浸り込んでいる。

そんな彼女を残し、恒造は勇翔と共に書斎から出た。

「お祖父様、彼女をひとりにするつもりですか？　もし彼女が本を隠して持ち帰ろうとしたら……」

「おまえはそんなことを考えとったのか。人を見る目は、まったく磨かれておらんのう」

勇翔の言葉に、恒造は深いため息をついた。

「あの子は、本を読みたいだけ。ただそれだけだ。そんなこともわからんのか」

「しかしですね……」

「それとも……ふむ。おまえ、もしや、自分にまったく興味関心を示さん女の子は初めてじゃな？」

突然恒造から指摘され、勇翔は返答に詰まった。図星だった。

文乃に自分の家の書斎は不釣合いだと思ったからだけではない。自分がここにいるのに声をかけないどころか一瞥すらしない、いや、学校でも特別視しない少女に、勇翔は苛立ちを感じていたのだった。

そんな勇翔の様子に、恒造はにやにやと笑った。

「これは、あのお嬢さんに何度も来てもらわんといかんなあ」

「お祖父様！」

部屋の外のふたりの会話は、文乃の耳にまったく入ってこなかった。

綴られた文字を目で追いながら、既に鬼籍に入った文豪の渾身の作品を読みふける。

こうして文乃は、学校の図書室以上の楽園へのチケットを手に入れたのであった。

第二章　可愛い花は二匹の蜂に狙われる

翠は、自身の作品をコンテストなどに応募しても、いまだなにかの賞を取るところまで行ったことがない。自信作だと思っても、なかなか高評価に繋がらないのだ。

そんな現状を少しでも変えたくて、いろいろなジャンルに挑戦してみようと思い立った。修業のつもりで、普段書かないジャンルにも挑戦して腕を磨こうという気持ちが半分。もしかすると、これまで書いていた作品より、自分に本当に向いているジャンルがわかるのではないかという期待半分。

だから、自分としては、新たな世界を開拓するつもりで、時々不定期に作品をアップするWEB小説サイトが、出版社と提携して開催するコンテストに応募を決めた。

大賞と準大賞は、賞金がもらえて書籍化。入賞の三作品も、検討対象にしてもらえる。締め切りまで時間的に余裕があるので、翠はチャレンジしてみることにしたのだ。

そのためには、資料がいる。それから、知識。

このジャンルの読者層は女性で、熱烈なファンは、半端ない量の知識を身につけている。人体の不思議。神秘の内臓事情。人間は、子孫を残すという命題を横において、いかに恋愛感情と性欲を維持できるのか。

翠は自室で上下ともクマプリントのルームウェアを着て、フローリングの床に座ってベッドにもたれかかり、本を開いていた。

「ひええ……な、生々しい……」

参考にしようと仕事の帰りに書店に寄り、購入した小説が二冊に漫画が一冊。漫画が一冊しかないのは、レジに持っていくのがなんとなく恥ずかしかったからだ。

しかし、小説の表紙も負けず劣らず、明らかにその手のものだとわかるイラストだったので、翠は電子書籍で読めばよかったと後悔する。

翠は、基本紙の本を好む。アナログ派というより、本自体が好きなのだ。あの手触り、厚み、ページをめくったときの胸の高揚がたまらない。資料も、ネットで調べるだけでなく、本にもあたる。ネットは、携帯やパソコンという機器で接続して初めて情報を得ることができるが、その接続を切ればそれまでだ。本ならば、手元にあればいつでも必要なページを開くことができる。どこででも、何度でも。

土日に公立の図書館を利用して、自分では到底買えない金額の装丁がしっかりしている分厚い本や、今はもう絶版になっている本を探しては借りてくることもよくある。

ただ、今回の資料というか、ジャンルの本は、公立の図書館には置いていないと思われたので、初めから買うつもりでいた。

買って自宅に戻り、夕食を済ませてから書店の紙袋を開けた翠は、まずは雰囲気から学んでみようと漫画のページをめくってみる。

「痛そう……こうまでして、主人公たちは愛し合いたいものなのね……」

翠が今回挑戦しようと思い立ったジャンル。それは、BLだった。

BL、つまりボーイズ・ラブのカップリングは、当然のことながら男性と男性だ。

この年齢になるまで、翠とてBLというジャンルがあることくらい知っていたし、読んだこともあった。でも、あまり興味を覚えず、それ以上読むことなく遠ざかっていた。

しかし、今回応募しようと思ったWEB小説サイトのコンテストの指定ジャンルはBLだったので、翠は一から勉強し直すことにしたのだ。

そして、ひとり暮らしの部屋で漫画を読みながら「ひいい」だの「ふわあああ」だの妙な声を上げている。

この手の漫画は、だいたいにおいて「濡れ場」と呼ばれるシーンがある。それが始まると、翠はまったくページをめくれなくなった。

いや、正確に言えば、目は点の状態で釘付けになり、ページをめくることができない。

「……だ……だめだ……この領域には立ち入れない……私には敷居が高すぎる……面白

半分で覗いてはならない世界だった……」

翠は禁断の扉をこじ開けてしまったような感覚に陥り、そこで本を閉じてしまった。

いつか書く日が来るかもしれないが、それは今ではないと確信する。

「これはハードルが高すぎ！　ま、まず、普通に男女の恋愛で！　そ、そっちを書こう！」

そう言って翠はふらふらと立ち上がり、ベッドに倒れ込んだ。

翠は現在二十七歳。その年齢と誰よりも多い読書量から、性の知識がまったくないわけではなく、むしろ多彩なシチュエーションについて知っていた。

ただし、あくまでも知識においては。これが問題なのだ。

子供の頃から本の虫で、今は作家になることを夢見て日々執筆に励む翠は、現実の男性との恋愛経験がない。だから、当然知識はあっても経験はなく、なにもかもが頭の中での理解、想像に過ぎないのだ。

いやいや、それで十分。作家とて作品の中に出てくることをすべて実際に体験しているわけではないのは翠も、承知している。

けれど、読むことと書くことは違う。

ほうほうと感心しながら読んでいたシーンを、いざ自分の言葉で表現しようとすると、あまりに気恥ずかしくて文字が打てなくなるのだ。

先日書いた作品のように、十代の甘酸っぱい恋愛ものだったら、わりと平気で書こうと思えば書ける。

だが、キャラクター設定で年齢を自分に近づけると、途端に恋愛が上手く書けないように思えて敬遠してきた。

そんな男女の恋愛とは違うＢＬならば、もしかすると書けるかもしれないと考えた翠は、コンテストの特典や賞金に釣られてＢＬに挑戦しようとしたのだ。それがまさか、参考資料を読んだだけで撃沈するとは。

「書けない……ＢＬを美しい表現で何冊も書いている作家さんは神だわ……私には無理。所詮私は恋愛経験値が地にめり込むほど低い、化石と呼ばれてもおかしくない女。しかも、才能だってまったくない底辺物書きのひとり……無謀すぎた……」

そこまで自分を卑下することもないのだが、せっかくのやる気を出鼻で思い切りくじかれて、その夜はネガティブな気持ちにとらわれたままで就寝する羽目になった。

ああ、遥かなり、書籍化への道――！

それが月曜日のことだった。

翌日の火曜日、翠は職場のふじき野市役所の市民生活課に、いつもより早めに出勤した。

普段は、就業時間が終わると特に急ぎの仕事がない限り執筆をするためにさっさと帰っている。

それで非難されることはないのだが、まだ残って仕事をしている人に悪いなあと思わないこともないので、朝余裕がある日は一本早いバスで来て、まだ人が少ないうちに仕事を始めるようにしていた。

更衣室に荷物を置いて市民生活課へと向かう廊下で、翠は課長の小田とちょうどタイミングよく出くわした。

朝の挨拶を交わすと、ふたりきりということもあって、ＢＬ小説への挑戦を断念したことをこっそり告げた。

「そうですか。笛木さん的には悔しいかもしれませんが、私は安心しました」

「え？」

「私がＢＬものの原稿を受け取って読みたいと思うか、考えてもみてください」

歩きながらそう言われて、翠はごもっともですと頭を下げた。

最近は作品を仕上げると、まず小田に送り感想をもらっている。小田は、翠を傷つけるような批評はしない。それでいて足りない部分や、翠自身引っかかっている箇所を、的確に指摘してくる。しかしたまに翠は、小田の批評や感想に偏りを感じることもあった。

登場人物に、強く気高い女王様気質の女性がいると、一気に評価が高くなるのだ。

《傑作ですよ、笛木さん、いや、青木美琴先生！》

その名で呼ぶのは勘弁してほしいと翠は思う。小田はあくまでも職場の上司なのだ。まだ書籍化もされていなければ賞を取ったこともない自分が、上司から〝先生〟までつけて呼ばれるのは、なんとも居心地が悪かった。

普段小田は、翠の気持ちを慮《おもんぱか》って気を遣ったコメントをくれるのに、自分の好みのキャラクターが出てきた途端、その細やかな配慮を停止してべた褒めになる。

《これ、シリーズ化しましょう！　サイトに出したらいいですよ。スピンオフで、彼女を主人公にして書きましょう。大成功間違いなしです》

酒場の女主人が、実は伝説と皆から崇められる銃の使い手で、主人公がピンチになったときに背後から豪快にぶっ放して高笑いをする。そんなシーンをどうしてこんなに持ち上げるかな――

なので、そういう強い女性が登場する作品を小田に読んでもらうとき、翠は過剰な褒め言葉を右から左へ聞き流すようにしていた。

そんな小説を読むのに熱心な小田でも、ＢＬは読みたいジャンルどころか、よほどでなければ目を通したくないものであるようだ。

その気持ちはわからないでもないので、翠も素直に頷く。

「私は、昨今よく話題になるＬＧＢＴを、認めないと言っているわけではないんです。人が誰を好きになるかは自由であり、それを主張する権利がある。そういった意味で、啓蒙活動が進めばいいとも思っています」

「はあ」

「だからと言って、自分がその立場に立ちたいかと言われると、話は別です。私は異性愛者です。そして、私が愛する女性は、二次元にしか存在しないのです！」

スマートなスーツ姿。銀縁眼鏡の奥の細い目は決して冷たさを感じさせず、穏やかだ。柔らかい物腰に加えて、課の誰よりも多い仕事量をてきぱきとこなしていく有能さ。天が二物も三物も与えた小田の隠れファンは、課内だけでなく市役所内外にも多い。

その小田が、好みの女性の条件として絶対に譲れない点が二次元であることを、翠以外にいったい誰が知っているだろうか。

「それで、ほかに応募できそうな賞はないんですか」

今回のＢＬものの代わりに、翠が作品を書いて送れそうなコンテストがないのかを、小田は尋ねた。

　実は、と翠が口を開く。

「またしても恋愛ものが」

「いいんじゃないですか。それは男女の恋愛ものでしょう？　笛木さんは先日も恋愛ものに応募したので、書き慣れているし」

「それが、そうとも言えないんですよ。だって、今回の条件は……」

　サイトが大手出版社イオカワ社とタッグを組んで募集しているもの。コンテストのターゲットは二十代以上の働く女性。ジャンルは恋愛もの。主人公は、二十代の働く女性。仕事の内容は問わない。

　ただ、もうひとつの条件が翠を躊躇わせる。

「不倫や三角関係などを盛り込んだどろどろの恋愛ものだっていうんですよー……」

　これは、ＢＬとはまた別の意味で生々しい。ちょうど自分と同じくらいの年齢で、仕事を持っている女性の不倫とか三角関係とか。

　翠とはまったく縁のない未知の世界パートツーの扉が、目の前に立ち塞がっていた。

「ですが、所詮、なんだかんだ言っても男女の恋愛です。笛木さんも恋のひとつやふたつ、経験があるでしょう？」

ないとは言わないが、淡い片思いで自然消滅のパターンばかりだ。

「好きになってしまった相手が妻のいる身だったとか、親友の彼氏だったとか、彼氏の兄や弟から告白されたとか。そういうことも、現実にあるのではないでしょうか」

「あったとしても、私には縁のない話です」

「想像してみてください。あなたの前に魅力溢れる雄々しい美男子が現れて、結婚してほしいと言ったとしましょう」

「あり得ないです。あと、過程は大事だと思いますけど。いきなり結婚なんて非常識なことを言う人は、好きになりません」

「たとえばの話ですよ。真面目なんですね、笛木さんは」

たとえばであっても、自分はそういうシチュエーションに心はときめかないだろうなあと翠は思った。

「その美男子は結婚しているけれど、それは政略結婚で愛のない結婚生活。彼はあなたとなら温かい家庭を築けるだろうと言う。いや、もしかしたら、既婚者であることを隠して求婚してくるかもしれない。恋は盲目。あなたは彼を愛してしまった。ほら、そんなシチュエーションだったら、ドロドロの愛憎劇に繋がると思いませんか」

「全然書ける気がしません。それだったら、若くて可愛い新入社員にイケメン先輩同僚ふたりが群がってくるほうがまだ書けそうです」

ああ、これもまたよくあるパターンよねと、翠は心の中で嘆息した。

そんな翠の嘆きを感じ取って、小田は今はあまり無理をしないで、自分がリラックスして書けそうなジャンルのコンテストが見つかるまで、書き溜めておくほうがいいのかもしれませんよ、とアドバイスしてくれた。

小田の言い分もわかる。無理に苦手なジャンルに挑戦して、満足できないまま書き進め、最後の最後で没にするくらいなら、得意なものを書けばいいのだ。

翠は、どちらかというとファンタジー色の強いものが好きで、そこにあっさりとした恋愛要素を入れることはあった。

そんな今までの書き方を続けるほうがいいのか、自分にまったく経験がなくても、これまで読んできた本などを参考に、ドロドロとした愛憎がからむ肉体関係まで含めた作品に挑戦したほうがいいのか。

その日翠は、ふと気づくと考え込んでばかりいた。

「ねえ、翠。最近よく眠れているみたいだったのに、また今日は寝不足？」

近くの席の乙葉が、こっそり話しかけてきた。その声に、翠ははっと現実に戻る。

「あ、ううん、ちゃんと寝てるよ」

「クマはできていないもんね。じゃあなに？　恋の悩み？　相談に乗るわよ」

ある意味恋愛の悩みではあるけれど、乙葉には相談できない。なので、翠はありがとうとお礼を言うだけにとどめた。

定時から二十分後に市役所を出た翠は、いつもの路線バスに乗って帰宅する。

家に着くと、冷蔵庫から大好きなレモン酎ハイを出してきて、チーズとソーセージに、トマトとキュウリとレタスで簡単に作ったサラダを一緒に小さな座卓に並べた。

翠は毎晩ではないけれど、週に二、三回程度は家飲みをする。もちろん、本格的に執筆に取りかかっている間は、禁酒だ。

「くうーっ！　冷えてて美味しい！」

平日だし一缶だけと開けたレモン酎ハイをごくごくと喉を鳴らして飲んだ翠は、いつもの習慣でプロットとネタを書き込んでいるノートを横に広げた。

「恋愛もの。二十代。ドロドロ。不倫。三角関係。……うーん」

不倫ものは正直好きではなかった。

確実に傷つく人間がいて、恨みや憎しみで刃傷沙汰《にんじょうざた》という展開も書く気が起こらない。

現実の世界は、綺麗事ばかりではないことくらい、翠もわかっている。連日数々の物騒なニュースがネットを騒がせる。どうしてこんなことが……と理不尽さを感じ、納得できないと思うことも多い。

だからこそ翠は、自分の作品の登場人物にはあまり過酷な苦しみを与えたくなかった。読む立場ならともかく、書く立場になるのが嫌なのだ。

だから、もし自分がこういう恋愛ものを書くとしたら……と、翠は考え始める。

主人公は二十代の女の子、周囲が思わず助けてあげたくなるタイプなら、男性の同僚や上司が複数寄ってくるだろうか。

転職して今の職場に来たばかり、慣れないことだらけで頑張っているのに空回り。失敗しながらも一生懸命な彼女に手を差し伸べたくなる同僚と、普段は失敗に対して非常に厳しいのに、実は彼女の懸命の努力を評価して、なにかとさりげないフォローをしてくれる上司。

そのふたりの間で徐々に恋愛感情が高まり、彼女もふたりにドキドキし始める。やがて、彼女を巡って火花を散らすふたりの男性、その真ん中で青くなる彼女……。

「でも、実際にこんな子がいたら、絶対に同性に嫌われそう」

仕事のできなさを売りにする若くて可愛い女の子。彼女は、意図して男性ふたりからかまわれているのではない。なのに周囲からは男ふたりを手玉に取るしたたかな女と思われる……

そして、彼女より前からその職場にいて、彼女よりずっと仕事ができる女性たちから、壮絶ないじめに遭う。

「いや、これ、彼女が可哀想すぎ。でも、三角関係にするなら……あー……女ふたりに男ひとりでもいいのか」

二十代半ばの女性社員ふたり。同期で気が合い、休日も一緒に遊びに行くほど仲がいい。

ところがある日、営業部にほかの支店からエース級の凄腕社員が異動してくる。成績優秀な高給取りというだけでなく、顔もイケメン。そんな男から、それぞれ別のタイミングで優しくされ、恋に落ちるふたり。

そうなると、互いがライバル。元々仲がよかった分敵愾《てきがい》心も半端ない。彼に振り向いてもらい、自分を選んでもらう——そのために張り巡らされる女ならではの権謀術数。

やがてそれは、自分を選んでもらうためというより、かつては親友として認め合っていたふたりが、お互いを陥れようとするように変化する……

「いや、これ、どう考えてもハッピーエンドにならないわー」

ハッピーエンドになるとしたら……

「そんなふたりを選ばないで、男は別の女性を選ぶ。愕然として、ぼろぼろになった自分たちを振り返るふたり。結局、相哀れんで友情を再構築しようとするも、以前のようにはなれない。そこへ新しい男がふたり現れ、今度こそふたりは自分に相応しい相手とって、なにをしに会社に行ってんの、彼女たちは――！」

自分が想像した登場人物たちに、仕事をしろ！　と思わず喝を入れてしまう翠だった。

翠自身、執筆活動がどんなに行き詰まっても、また公募の締め切りがどんなに間際に迫っても、仕事をいい加減にしていいと思ったことはない。今、趣味で小説を書きながらもひとりで生活できているのは、市役所で働いているからなのだ。

地方公務員という職を疎かにして執筆活動はあり得ない、それが翠の考え方だった。

ごくごくたまに、自分の作品がいつかベストセラーになって映画化やアニメ化の話も来て、次から次へと執筆依頼が舞い込んでくるようになったら、市役所を辞めて作家として生きていく人生もありかもしれないと夢想することはある。

小説を書き、小説家として身を立てたいと志したことがある者ならば、翠の気持ちに共感できるだろう。

夢なのだ、あくまでも。しかしそれは、もしかしたら、いつかそんな日が来るかもしれないと思うぐらいはいいだろうと翠は考える。

「やっぱり最初の、女の子に彼氏ふたりってやつにしよう。女の子ふたりがイケメンをゲットするために友情も自分の生活もボロボロにして、貯金まで使い果たすような恋愛ものじゃ、あまりにもハードで夢がなさすぎる……」

翠は座卓の上のサラダボウルを床に下ろすと、目の前にノートを広げて、登場人物の設定と相関図、プロットを書き始めた。

大人の恋。複雑でドロドロとした人間関係。でも、不幸なままで終わらないように、主人公はあくまでもハッピーエンドで。

翠はその夜、日付が変わるまでノートに思いついたことを書き込み続けた。

小田に見せられる程度に設定を固めるまで、三日かかった。これを長いと見るか、短いと見るか。

「まだキャラクター設定とざっくりとしたプロットだけなんですけれど」

金曜日。翠はそう言いながら、就業時間が終わるのを待って、パソコンで打ち直してきたそれらをなんの変哲もない茶封筒に入れて、小田に渡した。いかにも仕事に関係する書類を提出するという体を取り繕って。

「確かに預かります。お疲れ様でした」

小田も、これは自分が頼んでおいた仕事なのだと周囲に思われるように、堂々と受け取る。

　ふたりの間にあるのは、小説。共通の作品を読んでその感想を言い合い、そうだ、いや違うと、作品にかける愛情を存分に披露し合える同志だ。

　翠は小田に自分の作品の感想と批評をしてもらう。小田は、誰にも明かせなかった自分の性癖――小説に登場する強い女性キャラクターにしかときめかないことを暴露し、のろけ話まで妄想で作り込み、聞いてもらう。

　ふたりが小説の話をするようになってまだ間もない頃は、小田は好きな登場人物について熱く語るだけだった。しかし、最近は、翠が語る小説のアイディアを受けて、自分だったらこのように登場して彼女にこれこれこうして、などと妄想を披露するようになってきていた。

「私のような凡人は、この身この命を差し出してようやく女王陛下のおそばに呼ばれることを許される。だが、気高い女王陛下は平伏する私を一瞥すると言うんですよ――おまえの価値はおまえだけのもの、私に明け渡す必要などない。同様に、私もおまえにはなにひとつ与えぬ、と。ああ、ゾクゾクしませんか？」

　しません。別の意味でゾクゾクしますと翠は心の中で呟くが、決して小田には言わない。小田がなにをどう妄想しようが、誰かに迷惑をかけるものではないのだから。

ただ、おそらくは誰にも理解されず、気持ち悪がられる。それがわかっていたからこそ、小田は今まで誰かに自分の中の熱情を吐露することなく、自分の中で消化してきたのだ。

今、自分とほぼ同じカテゴリーの小説作品を好んで読み、その内容について語り合える翠という仲間を得て、小田は嬉しくてたまらない。

そこに、年齢も性別も……ないとは言えないのが、少々辛いだけ。

あくまでも小田は翠の上司、翠は小田の部下だ。

(小田課長、このまま独身を貫くんだろうか。どこかに、小説から飛び出してきたみたいな強くて女王様っぽい女の人いないかなあ)

帰りのバスの中で揺れに身を任せながら、翠は小田にとっては余計なお世話になるであろうことを考えていた。

帰宅して夕食を終え、シャワーを浴びた翠は、携帯に小田からメッセージが届いているのに気づいた。

今日は金曜日だし、土日の間に目を通してくれればありがたいと思っていたけれど、律儀にもすぐに読んでくれたらしい。

(さすが課長、今日渡したのはキャラクター設定と大まかな粗いプロットだけだから、

見る気にさえなったら簡単に読めちゃうもんねえ）
翠は、どんな感想を言ってくれるだろうかと、ドキドキしながらＳＮＳアプリを開いた。
《読ませていただきました》
自分より十歳も上で上司なのに、小田はいつも丁寧な言葉遣いだ。
翠はまず《ありがとうございます》と返した。翠からの返信に、すぐに既読がつき、次のメッセージが送られてくる。
《あまり厳しいことは言いたくないですし、私の好みの問題かもしれませんから、どうか落ち込まないでください》
珍しく、前置きがあった。それだけで、翠は緊張する。やがて、あまり間を置かずに送られてきたメッセージに、翠は思わず顔を強張らせた。
《はっきり言って、私はこの主人公になんの魅力も感じません》
言われた――はっきり言われた――
小田のストレートな感想に、翠はぐうの音も出なかった。
《主人公の彼女は、もう少し仕事に対し真摯《しんし》であるべきです。やる気はあるけれど、失敗の多い女性という設定なのでしょう。やる気が空回りしているのであれば、ここに登場する上司は恋愛感情を持つことなく、しっかりと助言すべきです。思いつきだけで動かずに、周りの人に正しい仕事の手順をきちんと聞いて覚えるようにと》

実は翠もそう思った。

ヒロインをドジっ子にはしたくない、けれど男性の上司や同僚の目を引くとしたら、周囲が助けてあげたくなるような一生懸命さがあるか、仕事がばりばりできるのに意外な一面があるとかのほうがいいような気がしたのだ。なので、一生懸命な子にした。

彼女は自分なりにちゃんと仕事をしたいと思っている。なのに慣れない環境のせいで上手くいかない。そういう設定にしたのだが、無理があった。その無理を、小田に指摘されてしまった。

《ですよねー……これじゃ単なる迷惑社員ですもんねー》

《世間には、頼りない女性に感情移入をして、助けてあげたくなる人が多いかもしれません。ですから、魅力を感じないというのはあくまでも私の個人的な感想です。あまり深く考え込まないで》

ああ、優しいな小田課長、もし地方公務員で永遠に上司でいてもらいたい人ランキングなんてものがあったら、私は小田課長を猛烈にプッシュする——

などと、翠は小田のフォローに対し、そんな妄想に浸った。

《笛木さん？　怒りましたか？》

翠からの返信がないので不安になったのか、小田のほうから翠の気持ちを案じるメッセージが届いた。

しまったと、翠は慌てて返信する。

《すみません、大丈夫です。ありがとうございます。小田課長のご指摘、まったくもってそのとおりです。私もそう思いましたもん。著者が登場人物、しかも主人公を愛してあげられないなんて、私のキャラ作りが甘いんです》

大切に思うことができないキャラクターを主人公にするなんて、悲劇だと翠は思う。

特に、先日の夢のような出会い——自分が生み出した主人公の少女文乃が「お母さん」と言いながら出てきて抗議をしていったときの、彼女とのやり取りは、まだ翠の中で鮮明に残っている。

夢なのかもしれない。夢としか思えない。でも非常にリアルだった。

あの少女に十分な場を用意することができず、誰からも見向きもされない作品として埋もれていくのは切ない。

《三角関係にするとしても、ヒロインがもう少し魅力的でないと》

《うう……考えてみます》

《それがいいです。後日また見せてください。それと、大森壮介《おおもりそうすけ》先生の『音のないピアニスト』シリーズについて、今度とことん語り合いましょう。おやすみなさい》

最後に自分が話したいことをさりげなくねじ込んできたな。小田課長さすがだわと、翠は小田の本日最後のメッセージを読み返して感心した。

このピアニストシリーズには、女性の指揮者が登場する。欧州での生活が長かった彼女の指揮は、妥協を許さない高潔さに溢れていて、協演するピアニストの天才青年を特別扱いせず、厳しい注文をいくつもつける役どころだ。

いかにも小田の好みそうなキャラクターだし、きっとこの指揮者のことを語りたいのに違いないと、翠は思った。

「さて、キャラクター設定、直すかあ……」

携帯を置くと、翠はノートに向かった。

三角関係になってもヒロインと付き合いたい、結婚したい、そう同僚や上司に言われるような魅力的な女性像を、翠はこの日も夜遅くまで考えた。

「悩みなら聞くって言ってるじゃない。どうしたのよ、翠」

週明けの月曜日。

乙葉に声をかけられても、翠はいつものように「悩みなんかないよー」とは返せなかった。

週末ずっと考えに考えていたというのに、主人公のキャラクターが決まらない。なので、主人公はとりあえずあと回しにして、主人公を恋愛対象とする上司や同僚のほうをいじり始めたら、ますますドツボにはまってしまった。

翠は暗い顔をして乙葉を見た。

今日の乙葉の服装もいつもとたいして変わらず、薄いライラック色のカーディガンに白いブラウス、紺のスカート。一方翠の服装は、白いブラウスに柔らかいクリーム色のカーディガン、紺のスカート。

同い年で、服装もたいして変わらないのに、翠とは似ても似つかない乙葉の溢れる女子力はいったいどこから来るのだろう。

ふんわりとカールさせた髪はほどほどに女らしく、決して派手には見えないように抑えが効いている。

マスカラをつけて上向きの睫毛が縁取るのは、カラーコンタクトで輝く大きな瞳。

乙葉に近づくと、甘く柔らかな香りがする。あくまでも近づけばであって、強すぎるということもない。

「財部さん、女子力ばりばりで羨ましい〜……」

「あらあらー？　翠、好きな人でもできたのぉ？」

乙葉は、女子同士の気軽さで翠の背を拳で軽くぐりぐりと押してきた。可愛らしいのに性格は気さく。最強女子だ！

翠は職場の人を小説のキャラクターに使わないと決めているけれども、今回だけでも乙葉を使えたらなあと思った。しかし、この乙葉が複数の男性に言い寄られて困る姿は想像できない。

「財部さんはさあ」

「なあに？」

「お付き合いしている男性っていないの？　あと、同時に何人も彼氏候補がいたってことはない？」

もはや取材気分で翠は聞いた。休憩時間が終わるまで、あと十分ある。

乙葉が理由も訊かず、ささっと答えてくれたらいいのにと翠は思った。

すると、乙葉は大きな目をさらに大きく見開く。

「翠、本当に恋愛で消耗しちゃってるんだー」

恋愛で消耗。なかなか的を射た言い方だと、翠は内心感心した。ただし厳密に言えば、自分の恋愛ではない。小説の中の主人公の恋愛事情が上手くいかないのに消耗しているのだ。

「恋愛は、自分だけ負担をしょいこんだら、長続きしないのよ。あとね、翠はもう少し自分磨きをしないと」

「磨き甲斐がないもの。それに時間もない」

乙葉はきっと美容に、それなりに時間をかけているのだろう。翠は、外見を磨く暇があったら、その分執筆に時間をかけたい。今までずっとそういう生活をしてきたし、それをこれからも変えたいとは思わない。

「なに言ってんの。翠は素材は悪くないんだから。足りないのは努力よ」

努力ならしている。ただし、執筆方面に。

「爪だって、派手なネイルなんか普段はいらないのよ。でもほら、ベージュのネイルだと落ち着いた雰囲気のわりには、結構テンション上がるでしょ。自己満足って大事よ。今の自分に不満があったら毎日が楽しくないし、上手く笑えないから気分悪いし、それが表面に出ちゃう」

だから、自分にご褒美的なこともたっぷりしてあげるのよと言う乙葉に、翠は逆立ちしても勝てない女子力の高さを感じた。

「笛木さん、大丈夫ですか」

「あ……課長」

小田が、翠の席のうしろを通り過ぎながら、声をかけていく。

そのまま止まらずに自分の席についてしまった小田は、一度だけ翠に視線を向けた。心配かけているなあと、翠は申し訳なくなった。後日また見せてくださいと小田に言われていたのに、まだなにも見せられるものがない。アイディアの枯渇に、翠は本気で頭を抱えたくなった。

そんな翠のそばで、課長に心配してもらえるなんていいなあと、乙葉が羨ましがってうっとりしていた。

休憩時間が終わったら、窓口のほかの同僚と交代しなければならない。気持ちを切り替えようと翠が大きく伸びをすると、上に伸ばした手がとんとなにかに当たった。

「あ！　ご、ごめんなさい！」

振り返るとそこには佐野がいて、翠は手をぶつけてしまったことを謝った。

「すみません、佐野さん」

席が離れている佐野が、どうして自分の背後にいたのか不思議に思うよりも、先輩の体に手をぶつけてしまったことを謝罪するほうが先だ。

「いや、声もかけないでここにいた俺が悪い」

「え、あ、なにか用事でも？」

するると、佐野は鼻の頭を掻きながら、もごもごと切り出した。

「用と言うか……」

「？」

「俺、一応先輩なんで」

「一応とかつけなくても、佐野さんは私の先輩ですよ」

「その……笛木さん、なんだか悩み事を抱えているみたいだから……」

(うわあ、それほど親しくない佐野さんにまで悩みがだだ洩れだなんて、私どんな様子で午前中仕事をしていたんだろう)

恥ずかしさに頬を赤く染める翠を見て、佐野の顔もまた赤くなる。翠が不思議に思っていると、佐野が自分の赤面を誤魔化すように、早口で用件を伝えてきた。

「悩みを聞くから、飲みに行かないか。え、と、今夜でも」

「えっ」

「あらぁ？」

佐野の誘いに翠は戸惑い、乙葉はにやにやした。佐野の声は決して大きくなかったから、唐突な誘いの言葉は翠と乙葉にしか聞こえていないはずだ。

「いいんじゃない？　飲みに行って気分転換。もちろん、私もご一緒していいんですよね、佐野さん」

「あ、ああ、もちろん」

乙葉の申し出を承諾したものの、佐野はそこまでは考えていなかったらしく、取って付けたような返事をする。

そして、誘われた翠はというと。

「えっと、お誘いありがとうございます。でも、今夜はちょっと都合が悪くって」

まだ小説の登場人物の設定すらきちんとまとまっていない翠は、飲みに行く気分ではなかった。

「じゃあ、私とふたりで飲みに行きましょうよ、佐野さーん」

翠に断られて落胆した表情になった佐野に、乙葉が誘いかけた。

「翠も、次は一緒に飲みに行こうね」

「はい。また誘ってくださいね、佐野さん。声をかけていただいて嬉しかったです。今日は本当にすみません」

話しているうちに休憩時間が終わった。

翠は窓口の同僚と交代して、整理番号を告げるボタンを押した。住民票の発行を希望する中年女性が書いてきた申込書をチェックして、運転免許証などの身分を証明できるものの提示を求める。

次々にやってくる利用者に対して、翠は小説の悩み事をしばし頭の端っこに追いやった。


その日帰宅した翠は、着替えもせず化粧も落とさずに、ベッドに身を投げた。

「今日はまいっちゃったなー、もう……」

翠がぼやいていること、それは佐野に飲みに誘われたことだった。

超インドアな自分とは対極にいる人だから、今まであまり親しく話すこともなかった。けれども、本当は親しみやすく親切な人なのかもしれないと、翠の佐野に対する評価が変わりつつある。

しかし、かえってそれが今の翠の悩みの種になっていた。

「いやいやいや、私がモテているわけじゃないのに、これって今まさに書こうとしている小説のシチュエーションみたいじゃない？　あり得なーい！」

仕事はきっちりやると誓っておきながら、上司の小田や先輩の佐野に心配をかけたふたりの男性に女性は自分ひとり。

それはまるで――

「全っ然違うのに！　ふたりとも私のことは恋愛対象として見ているはずないのに！　あああ、小田課長と佐野さんが、登場人物に重なって見えて辛いーっ！」

自分が書こうとしている小説のヒロインのような可愛らしさも、一生懸命頑張ろうとするいじらしさも、自分にはないと翠は自覚している。

なのに、小田も佐野もあれこれと言葉をかけてくるものだから、仕事が終わった途端に恥ずかしさが一気にこみ上げて、翠は逃げるように帰ってきてしまった。

（今夜は都合が悪いと言っておいたから、佐野さんには私が用事があるために急いで帰ったように見えただろうか。でも、小田課長は私が小説の設定も決まらずにうだうだ悩んでいるのを知っているから……。課長、佐野さんが私に声をかけてきたの、見てないよね？　もしかして、あれを見て課長まで小説の設定を連想していたら……あああああ！）

翠は、顔を両手で覆ったまま、幾度もベッドの上でごろごろと転がった。

（誰だ、職場内恋愛で三角関係の恋愛ものを書いて、コンテストに応募しようなんて思いついたのは――⁉　ああ、私か！）

翠はとんでもない妄想に悶え、この夜はまったく設定作りが進まなかった。

翌日出勤して市民生活課窓口に入ると、早速小田と佐野が話をしているところに出くわしてしまう。

（なんでふたりで話をしているの？　朝からまた妄想しちゃうじゃない！）

佐野にとっても小田は課長で上司。ふたりが話をしていてもなんら不思議はない。不思議はないのだが、これもまた小説の中の一シーンのように見えて、翠は堪え難い気持ちになる。

主人公を間に、互いに牽制し合う上司と同僚。

「彼女を気にかけてくれてすまないね」と余裕たっぷりの上司に、「当然です。年齢も近いですしね」としれっと言ってみせる同僚。

ふたりの間には、見えない火花がバチバチと弾ける。

そんなシーンが見えてしまった翠は、妄想を払おうと頭を振りながらふたりに気づかれないよう、そーっと自分の席に座った。

なのに、小田も佐野も目敏く翠を見つけてしまう。

「おはよう、笛木さん」

「ひっ！　お、おはようございます、小田課長」

「おはよう、笛木さん。その、昨夜は飲みに行けなくて残念」

「おはようございます、佐野さん、そうですね、すごく残念、またの機会にご一緒しましょう」

必要以上に早口になりながら、翠はふたりへの挨拶もそこそこに、パッとパソコンに向かい電源を入れた。

いつもとは違う態度に驚いたのか、小田も佐野も戸惑っているのが、翠の背中に伝わってきた。ふたりに罪はない。ひたすら翠が悪いのだ。

(ここは現実、現実の世界、主人公はいない。主人公の上司も同僚もいない。ここは市役所、私の職場。小田課長も佐野さんも私のことは好きじゃない。好きじゃないったら好きじゃない!)

心の中で、呪文のように繰り返す。

しかし、その日は仕事中に小田に呼ばれたり佐野と目が合ったりするたびに、心臓がどきどきして落ち着かなかった。そんなぎくしゃくとした空気をさらに悪化させてくれたのが、乙葉だった。

「昨夜佐野さんと飲みに行ったのよ。あ、もちろんふたりっきりじゃなくって、ほかの人も誘ってだから、安心してね」

「安心なんて別に……楽しくてよかったですね、財部さん」

「結局、女の子四人に男性三人になって。平日だったから、二次会はなしでお開きの時間も早かったのよ。でも、わりと盛り上がったなー。佐野さん、普段は無口だけどお酒が入るとそこそこ話も面白いし。それより、一緒に行ったほかの課の子たちが肉食系なのかすごく積極的でね。佐野さんの両脇をがっちり囲んで、離すもんかって感じだったわ」

乙葉が「あそこまで露骨だと、こんな職場で婚活かって思っちゃう、嫌だわー」と言うので、現実の世界の男女もなかなか難しいものだと思った。自分や乙葉、佐野の年齢を考えると、仕方のないことかもしれない。

しかし、今の翠にはリアルな恋愛よりも、創作の世界の恋愛をなんとかすることが最重要課題だった。

作品作りは上手く進まない、小田や佐野の姿が目に入ると余計な妄想が始まってしまい、それを打ち消すために素っ気ない受け答えになってしまう。

（ふたりに罪はないのに、こんな態度の女子、嫌だよね……）

落ち込む翠に神様が味方したのかどうかはわからないが、午後から佐野は出張、小田も会議で席を外し、ふたりとも就業時間中には戻ってこなかった。どうやら佐野は出張先から直帰、小田は会議が長引いたらしい。

ふたりと顔を合わせずに済むことにほっとしつつ、翠は帰宅するために自分のデスク周りをさっと整頓して席を立った。

いつものバスに乗って揺られながら、翠は今日一日の自分の態度を振り返る。自分の作品の設定となにも関係のないふたりに対し、勝手に妄想して普段とは違う態度を取ってしまった。

翠は帰宅したら、本日の反省も込めて、あることをしようと決めている。それは、これまで悩んでいたヒロインのキャラクター設定はそのままにしておいて、もう一度登場する男性の設定のほうを変更するということだった。

翠にとって上司と言えば小田。その小田とは似ても似つかないような男性キャラクターにしたら、今日みたいに変な意識の仕方をしないで済むのではないかと、バスの中で思いついたのだ。

（ヒロインに対してアプローチをかけてくる上司をワイルドなおっさん系にしてみよう）

スマートなスーツ姿の小田とは真逆に、一応スーツは着ているものの、会議や来客などで人に会うとき以外はネクタイを緩めてワイシャツも袖をまくっている。口調も乱暴な感じで男くさくしたらどうだろうか。

大きい声と歯に衣着せぬ物言いで、最初は注意され叱られてばかりのヒロインは萎縮して、彼を敬遠している。しかし、ふとしたことがきっかけで、本当は仕事で成果を出している人をきちんと評価し、不当に厳しいだけの人ではないとわかる。そこからヒロインは徐々に男性として意識をしていくことにすれば、無理なく恋愛につながるかもしれない。

（うんうん、いいんじゃないかな。だったら、部下は……）

上司を小田とは反対のキャラクターにしたので、主人公の同僚も佐野と真逆の男性にしてしまえば、職場でふたりを見ても変な気持ちにならないだろう。

翠はそう考えて同僚の男性を、爽やかでスマート、貴公子然としたエリート社員という設定にした。

さらさらの髪、アイドルと比べても遜色のない容貌。

「できすぎかな。でも、恋愛ものにそういう男性ってよく出てくるよね」

前に書いた作品に出てきたのは、学園のヒーロー。

今回は、会社のヒーロー。

「野獣系上司とアイドル系同僚。どうだ、この組み合わせ！」

あらかた作り込むと、翠はむふーと荒い鼻息を吐いた。このふたりから迫られたら、どんな女性でもあっという間に恋愛の沼に引きずり込まれそうな気がする。

(それにこの男性ふたりだったら、一生懸命仕事をしているのに空回りしがちなヒロインにも、目が行くんじゃないだろうか。上司は彼女を注意し指導しているうちに放っておけなくなって、同僚は失敗する彼女にこうしたほうがいいよとアドバイスをしているうちに……いけそうな気がする!)

そう思ったらほっとして、翠はマグカップを机に置く。

眠くならないようにカフェインを摂取しようと飲み始めた紅茶は、既に三杯。紅茶を飲みながらひたすら考え込んでいた翠は、尿意を感じて立ち上がった。

紅茶ばかり飲んでいたらトイレに行きたくなるのも当然だ、とキッチンのほうにあるトイレに向かって一歩、足を踏み出した。

次の瞬間、乱暴に足を踏み出したわけではないのに、畳んでおいた座卓が足の上に倒れてくる。しかも直撃ではなく、ぎりぎり左足の小指の上に。

「——!」

声にならない叫び。

箪笥の角にぶつけたぐらいの痛みに悶絶し、左足を持ち上げて小指を押さえる。そのままバランスを崩し、おっとっととよろけて数歩前に進んだあげく、キッチンのほうに抜けるドアの横の壁に額をがつんとぶつけた。

「くううううう～……！」

目から星が出るような衝撃に襲われ、翠はその場に蹲《うずくま》った。

額と小指がじんじんと痛む。血が出るほどではないけれど、もしかしたら内出血して額には瘤ができるかもしれない。

そのとき、背中を丸めて呻いている翠の背を、とんとんと叩くものがある。

「おい、お袋。トイレ行かないでいいのかよ」

「…………はあっ？」

男の声、しかも野太くガラガラしている。

(もしや強盗？　押し入られた？)

翠は蹲ったまま血の気が引いていくのがわかった。

(帰宅したとき、確かに鍵はかけたはず、窓があるのはこの部屋だけで自分はずっとここにいた。ほかに家に入れるところはあるだろうか。やはり玄関の鍵をこじ開けられた？)

どうしようと震える翠の背後で、はーっとわざとらしいくらい盛大なため息の音がする。

恐怖にびくりと震える翠の体が、不意に宙に浮いた。

「お袋、まずはトイレに行ってこいや。話はそれからだ」

大きな手が翠を抱え上げるとそのままキッチンを通り、トイレのドアを開けて翠を中に放り込んだ。

ドアが閉まっても翠はしばらく動けなかったが、とにかくトイレに入った目的を達成しようと急いで便座に腰掛けた。

「はあ〜、間に合った……」

水を流し、ドアのノブに手をかけて、翠ははたと固まった。

このドアの向こうには、先ほどの男がいる。顔を見たわけではないが、どう考えても翠より体が大きく力もあるし、抵抗しても軽く押さえ込まれてしまいそうだ。

そのときふと、最近これとなんとなく似た状況があったことに、翠は気づいた。

自分のことを「お母さん」と呼んだ少女がいた——

できるだけそーっとトイレのドアを開けて、顔を半分だけ覗かせる。

「あのー……まだいます？」

果たして男は、まだキッチンにいた。トイレはキッチンのすぐ横にある。キッチンを通らなければ、ベッドや机のある部屋にはたどりつけない。

「そりゃあいるに決まってんだろ。出てこいや、お袋。じっくり話し合おうぜ」

そう言って男は途中まで開いたトイレのドアを、ぐいと力任せに開く。そこで翠は、ようやく正面から男を見ることになった。

ぼさぼさで乱れた髪は、撫でつければそれなりに整いそう。ネクタイを緩めボタンを三つばかり外した胸元からは胸毛が覗き、袖をまくり上げた腕もわりと毛深い。垂れ気味の目は、乱暴そうな口調とは別に、優しそうだった。

「あの、もしかして、私が今作っているお話の……」

「名前、あんだろ。名倉崎哲夫《なくらざきてつお》とかいう、偉そうなんだか堅苦しいんだかわかんない名前をつけたのは、お袋じゃないか」

「ああ、やっぱりまた？」

またしても翠の作ったキャラクターが、彼女の目の前に現れたのだった。

それにしても、今回はどういうことか。以前出てきたキャラクターは、主人公の少女だったはず。これが夢か現実かはともかく、翠の前に立っているのは、ヒロインではなく、おそらく彼女に恋愛感情を抱く上司のほうだった。

「男くさすぎる！　なんで胸毛があるの？　腕まで毛深い！」

「俺のせいじゃないぞ。お袋がそういう風に考えてたからこうなったんじゃないか」

「私が？　か、考えてないよ！」

「男くさいワイルド系イケメンって設定だろ？　むさ苦しい雰囲気よりも危険な大人の男の魅力ってやつをぷんぷん匂わせているような奴だって」

「もしかして、胸毛も腕毛も、私がイメージしたワイルドさってこと？」

「それか、男くさい中にあるセクシーな部分ってやつなんじゃないか？　ま、こういう口調と態度だしな。どこもかしこも脱毛済みでつるつるぴかぴかなんていう設定は合わないし」

それもそうかと、自分が作り出したと思われる男に、言いくるめられてしまう翠。

毛深さの設定までは考えていなかったが、もうひとりの男性を爽やかイケメンくんにする予定なので、いっそのことこれくらい対照的でもいいのかもしれないと、妙に納得する。

男が先に部屋に入り、倒れた座卓をさっと元に戻した。そこに、手際のよさを感じる。

「座りなよ、お袋。話ってやつをしよう」

命じられなくても座る。ここは翠の部屋だ。

男は、机用の椅子を背にして、胡座《あぐら》をかいて座った。それと向かい合う形で、翠もフローリングの上に腰を下ろす。

「ええと、名倉崎さん」

「お袋なんだから、遠慮せずに呼び捨てにしたら？　哲夫でもいい」

　さすがにそれはと、翠は躊躇う。目の前で自分をお袋呼ばわりしてくる男は、どう考えても自分より年齢が上だ。

　いくら自分が考えたキャラクターであっても、これがもしかしたら夢の中、頭の中の妄想の中だけの対話であっても、初対面の年上の男性をなれなれしく呼び捨てや下の名前で呼ぶことは、翠にはできなかった。

（夢じゃないと思うんだよね。トイレまで行かせてもらえたし。これで夢だったりしたら、起きたときに悲劇が待っているってことになったりして。この年齢で布団に地図を描いたなんてことになったら、精神的ショックで立ち直れない！）

　翠が悶々としていると、名倉崎のほうから話を進めてきた。

「ところで、今日俺が出てきたのには、理由があるんだよ」

「も、文句でしょ？」

　この間、主人公の少女が目の前に現れたときも、抗議された。名倉崎もきっと言いたいことがあるのだろうと、翠は身構えた。

「わかってんのか」

ほらやっぱりと、思う。彼は小田課長とは真逆の性格だが、まるでこれから上司に怒られて指導を受けるかのような気分になった。

「まあ、文句と言っても、俺は今の自分に不満はないよ。こんな口の利き方をしてるが、一応TPOを弁《わきま》えたキャラクターにしてくれるんだろ。だったら、いいと思う。普段からずっとカッチリ決めてるっていうのも疲れるし」

「あれ？　このままでいいの？」

てっきり作り直せだの、もっといい男にしろだの、そういうことを言われるのかなと予想していた翠は、少し拍子抜けした。

「見た目もそう悪くないし。中年太りとも縁がないみたいだしな」

そこは、ワイルド系であってもイケメン設定は盛り込んでいる。

むしろ、もうひとりの同僚男性を、爽やか美男子系にしようとしているので、名倉崎は筋肉質でいいと思っていた。だから彼を腹が出ているような不健康なキャラにしようとは翠はこれっぽっちも思っていなかった。

そんな翠に向かって、名倉崎はボタンを上から三つ外しているシャツを、ぐいと引っ張ってさらに胸元を見せつけるようにした。

自分が作ったキャラクターだとわかっていても、翠は目のやり場に困って思わず視線を逸らす。

名倉崎がふっと笑ったような気配が、伝わってきた。

「お袋、さっき俺の胸毛を見てどう思った？　グッとくるだろ？」

「いやぁ……もっさりしてて、男くさくてちょっと……」

「だー！　わかってないなあ！　これがいいって女は大勢いるんだから」

「そ、そうなの？」

翠だって、少しはそう思わないこともない。

「いや、でもそれ、好みの問題だし。むさくるしいから嫌だっていう女の人も結構いると思うんだよね。でも、名倉崎さんがこの顔でこの格好で、胸がつるつるっていうのもなんか似合わないというか。だから、これはこれで男性的な魅力ってことでいいのか」

「俺の外見のことはまあいいとしてだな。本題に入っていいか、お袋」

「その、お袋っていうの、やめません？　私より絶対に年上なんですから」

(文乃ちゃんだったら許せた。可愛い女子高生だったたし。でも、目の前にいるのは、可愛さ皆無で胸毛見えてるおっさんなんだから)

そんな男性からのお袋呼びはやっぱり嫌だし、そもそもまだ物語としてほとんど書き出していないのに、よくも目の前に現れてきたものだと思った。

お袋はお袋だろとニヤニヤする名倉崎に、ひとこと言ってやりたくなってしまう。

「確かに名倉崎さんはワイルドで野獣系キャラだとしても、せめてもう少しボタン留めよう。腕もまくらなくていい気がするし。野性味があるのとだらしないのとは、意味が違うと思う」

「リラックスして仕事してえしな。こんな俺が職場で優しい言葉をかけてやるってのが、ギャップ萌えにはちょうどいいじゃないか。っておい、話がずれてるぞ」

「えっ」

「本題だよ、本題」

そうだった。さっきから名倉崎がしきりに口にする「本題」とやらは、いったいなんのことだろう。

彼が翠の前に姿を現してまで言いたい本当のことを聞くため、正座し直した。

「俺と俺の部下が惚れて取り合うっていう女のことな」

それは、ヒロインの女性社員のことだろう。

「あれはねえな」

ずばり。

「ええー⁉」

あまりにもはっきり言い切られ、翠は不満の声を漏らす。

「そりゃあ、社内一美人とかって設定にする気はないけれど。でも、若くてひたむきで一生懸命な子だよ」

そういういい子を正当に評価するのも上司の役割ってものじゃないのと翠が言うと、名倉崎は冗談じゃないとばかりに手を振った。

「俺は、女は若けりゃ誰でもいいっていうような、エロボケなじじいじゃない。俺をそういう風に産み直したいのか」

「そんなことあるわけない！」

そんな鳥肌の立ちそうなキャラクターにする気はなかったし、産み直す、つまり作り替える気もなかった。

紙の上、パソコンで打ち込んでいる文字の上の人物像なら、書き進めていくうちに変わっていくこともあるだろうし、だんだんキャラクターのイメージが固まってきて、動かしやすくなることもある。

しかし翠は、こうやって目の前で本当の人間のように動いて会話している相手を、物のように作り直すなどということはしたくなかった。

翠の返事に、名倉崎は満足したらしい。

「ならいい。とにかく、俺は職場で気を抜いているときの態度はこんなものだが、仕事はできる上司なんだろ？」

「そうです。ぶっきらぼうで愛想もないのに、切れ者で超優秀有能。そこがギャップ萌え」

「外面で仕事してるわけじゃねえし、必要があればきちんとした対応だってする。そういう常識はあるんだ。その俺が、なんで仕事がザルな奴に惚れるんだ？」

ザル。

そこまで酷い設定だったろうかと、翠は机の上に出しっぱなしのプロット兼ネタ帳のノートに手を伸ばした。

頑張っているわりには空回りしてしまう、そういう設定には確かにした。でも翠はザルなどという表現を、一度もしていないはずだ。

「じゃあそこは……頑張ってるのに失敗ばっかりするから、危なっかしくて見てられなくて、そのうち視線が自然に彼女を追ってしまうようになるって設定でどう？」

そこから徐々に恋愛に発展するということにしたかったのだが。

「そういう部下はいらない」

ばっさり斬られた。

「で？　派遣か、彼女は。それとも中途採用か」

「転職してきたことにしようかと。だから、中途採用ってことになるかな」

前の職場がブラックでという設定にしようか。それともスキルアップを狙ってという
ことにしようか。そこはまだ決めていなかった。

転職と聞いて、名倉崎はあーあと呆れたようにため息をついた。

「にしたって、ほかのところでひととおり仕事は覚えてきてるはずだろ。大学出たてで
社会人としての経験ゼロのスタートじゃないんだから。前の会社でも失敗続きの空回り
女だったら、そりゃリストラとかクビとかいうパターンじゃないのか」

「そ、そんな！」

そこまで厳しい設定にするつもりがなかった翠は、名倉崎の言葉に反論する。

「やればできる子なんです！　でも、新人ってわけじゃないから、周りにいちいち尋ね
づらくて、前の職場と同じ感覚で動いて失敗して」

「だから、そこだろ！」

胡座をかいて座っている名倉崎が、床を拳でどんと叩いた。

「ひゃっ⁉」

翠は、思わず正座のまま飛び上がりそうになった。

もちろん、翠がキャラクターを作った名倉崎は、そんなことは気にも留めない。

「職場が変わったんなら、仕事の仕方はわからなくて当たり前。職場ごとに決まりごとも扱っているものも違う。わからなきゃほかの奴らに聞けばいい。俺だっていくらでも教えてやる。聞いたらそれを忘れないようにメモする。初めはそのメモを見ながらやったっていい。そのうち、なにも見なくても動けるようになる。経験があるから慣れてさえくれればお袋が言うように戦力になるだろう。そういう女のほうが、俺は好きだ。それとも、誰かにものを尋ねるにはどうしたらいいかというスキルもない女なのか、そいつは」

「う……」

それは中途採用だから、新人と同じようではいけないと思うあまり孤軍奮闘しているんだよと、なんとかヒロインを庇おうとする翠。しかし名倉崎は彼女をまっすぐ見て、いいかよく聞けよと言う。

「とにかく俺の部下に無能っていうのは要らないんだよ」

それはもはや恋愛感情どころか、物語にヒロインが要らないと言ってるようなものではないだろうかと、翠は困ってしまった。

このままでは、名倉崎がヒロインを取り合う三角関係のひとりになってくれる可能性が、限りなく低くなってしまう。

「第一ヒロインは、努力の方向性が違うじゃないか。みんなによく思われたい一心で働いてるのか、それとも仕事が楽しくて働いてるのか、仕事は嫌いだけど金のために働いてるのか、本当の理由はどれなんだ」

「厳しい……」

働き方にそこまでこだわるかと、翠は思わず口走ってしまった。

すると、名倉崎の口調が鋭くなる。

「あのな、お袋」

「はい」

「たとえば、彼女が誰かに聞けばわかるようなことを聞かないで失敗したとする。それをカバーしたりフォローしたりするのに、ほかのみんなの時間が奪われる。でも、彼女が日頃から仕事ができて、手が空いているときはほかの人間の分をちょくちょく手伝っている人間なら、『ついうっかり失敗してしまうこともあるだろう、そこはお互い様』ってことでみんなも喜んで手を貸してくれる。だが、何度もそれをやられたんじゃあ、周りはうんざりするんじゃないのか。ああ、だから前の職場は辞めざるを得なかったんだってな」

「い、一理あるかも」

さすが切れ者設定、指摘ごもっともだしわかりやすいと、翠は反論できなかった。

「一理だけじゃない。そんな奴を、俺が毎回庇ったらどうなる？　彼女への風当たりは強くなる、俺への不満も噴出する」

確かに名倉崎に目をかけられ、贔屓《ひいき》されているということになれば、ヒロインの立場は厳しくなるばかりだ。

しかも、せっかく頼りになるキャラクターの名倉崎の人望まで失墜してしまったら、さすがによろしくない。

「さらに、もうひとりの男。主人公の同僚と言ったか。俺と彼女を取り合って三角関係になるって奴」

次いで、名倉崎の指摘は、ヒロインから自分のライバルに移る。

「そいつ、爽やかイケメンなんだって？」

「一応そうしておこうかと。髪がさらさらでね、コロンとかつけてて、アイドルかって思われるくらい顔がよくてトーク力もあるんだけど、それを鼻にかけることもなくてね。女子社員全員に優しいのよ。しかも営業成績一位！」

「そんな営業マンいるわけがない」

わかっている。これはあくまでも小説の中の世界だから許されることだ。

そんなことを言ったら、これまで世の中に出回っている小説や漫画に出てくるヒーローの、前髪が目にかかって風になびくようなヘアスタイルやアイドル的な容貌、中性的な体つきはあり得ないのかと翠は言いたかった。

目の保養になるような美しく優しい青年の存在は、作品にとって大事なものなのだ。だが、そんな読者のニーズなど、小説の登場人物のひとりである名倉崎には関係のない話らしい。

「成績トップを取るような男は、たいてい出世欲があってギラギラしてるか、会社にはほとんどいないで外を飛び回ってるか、女に興味なんかまったくないか、女をとっかえひっかえしているかのどれかだ」

無欲でただキラキラしているような奴が営業トップだなんて馬鹿じゃないの、とまで言われ、翠はうううと呻いた。

「そ、そうじゃない人もいるかもしれないじゃない」

「じゃあ言うけど、成績トップを取るような奴が、なんで周囲から煙たがられている女を好きになるんだよ」

「そこは、ちょうど彼女が失敗したところに居合わせて、かわいそうだからフォローすることになって……」

「そんなことをしている時間はないな」

またしても、一刀両断だ。

「一件でも多く契約を取って、一枚でも多く書類を作成し、ひとつでも多くのプレゼンを成功させる。本当にできる男というのは、そういうものだろう。だから成績がよくて出世を期待されているんだろうし、女にもモテる。そいつと結婚できれば、円満な寿退社に温かい家庭、将来はそいつに似た可愛い子供、夫はエリートコースまっしぐら。いわば玉の輿ってやつだ。そう考える女性社員が大勢いるっていう設定なら、俺は否定しねえよ」

「ええー……そんなすごい人、普通の女性社員では、まったく手が届かない～」

なんだか欠点のない完璧なイケメンが誕生しそうな勢いだ。

社内一競争率の高い男性という設定が加わったら、そんな爽やかエリート社員と、ワイルドだけど包容力のありそうな切れ者上司が同じ部署にいることになって、華やかだけど落ち着きがない職場になってしまいそうな気がしてきた。

どこか手直しする必要があると、翠は思う。

「だから、そういう設定なんだろう？　誰のものでもない、理想の王子様だ。そいつが、ドジな中途入社の社員ばかりかまっていたらどうなる？　女の嫉妬は怖いぞ。ヒロインもお袋の子なのに、みんなから壮絶ないじめを受けて鬱《うつ》になり、出勤できなくなって最後には辞表を……」

「やめてー！　そんな酷いこと、書けない！」

なんて痛いところを突くんだ！　と翠は頭を抱えた。

ヒロインは、翠が考えて作品に登場させようとしている、名倉崎と同様に翠の子供のような存在なのだ。

「けれど、結果的にはそういうことになるんじゃないか？」

「それは……」

ならば、どうしたらいいのだろう。

名倉崎はともかく、三角関係のもうひとりの営業くんの設定を変更するか。ヒロインの設定を少しいじるか。名前や経歴はそのままで、ドジっ子要素を少し薄めて……。それならできなくもなさそうだなと、翠は思った。

「変更するなら今だぞ」

執筆に入ってある程度書き進めてからでは、登場人物の設定は簡単には変えられない。これから書き始めるという今が、修正のタイミングとしてはちょうどよかった。

翠は名倉崎に、ふたつの案を提示してみせた。

ひとつは、さっき指摘されたように、ヒロインのミスを減らし、周囲とも上手くやっているシーンを付け加える。

もうひとつは、成績トップの営業マンをヘッドハントされた優秀な社員ということにして、同じ転職組のヒロインに親近感を持っていることにする。

翠はノートに書き留め、これでどうだと名倉崎に見せた。

それにちらりと視線を走らせると、名倉崎は腕組みをしてうーむと唸った。目を細めて熟考している様子に、翠は名倉崎がどういう返事をしてくるかと、ドキドキする。

やがて、名倉崎が腕をほどいた。

「俺個人の意見を言っておく」

「名倉崎さんの？」

今までもずっと抗議の熱弁をふるってきたのに、ここで改めて意見を言うだなんてと、翠の緊張がさらに高まる。

「俺は、若いと言っても二十代半ば以降なら、普通程度には仕事ができて日常業務を堅実にやっていくタイプが好きだ。さらに、いちいち言葉にしなくても先回りして動いてくれる奴ならなおいい。だから、俺の好みはお袋に近い」

「お袋にちか……私？　ええっ！」

翠は一瞬なにを言われたかわからなかった。しかし、こんな大きな息子（ただし本当に産んだのではないが）に、好みだと言われたということは……

「私が好みって……もしかして、マザコン？」

そんな設定にした覚えはないのに……。もし、それが本当だとしたらこれは絶対に小説の中で匂わせてはいけない。名倉崎の魅力が半減どころか激減してしまうと思っていると、たった今そう言ったばかりの名倉崎が目を剥いた。

「そんなはずないって！　若いってことだけを武器に男性社員に愛想を振りまいて寿退社を狙うでもなく、うっかりしすぎの失敗続きのだめ社員でもなく、自分の仕事を責任を持ってやってくれる女がいいってだけのこと！　そういう意味で、お袋は理想みたいなものだって、そう言いたかったんだ！　お袋は、今の職場でしっかり働いているんだろう？　それを言いたかったんだよ！」

「まぎらわしい！」

一瞬本当にマザコンなのかと思ってしまった翠は、言い方が悪いと怒りながらも、実はちょっとだけ嬉しかった。

翠は現在二十七歳。大学を卒業後市役所に就職してからもう五年になる。五年も同じ職場にいれば、なにをどうすればいいのかは、だいたいわかってくる。わかってくれば、周囲に尋ねなくても行動することができる。日頃特に誰にも褒められることのない自分の仕事ぶりを、名倉崎は褒めてくれたのだ。

「俺がこういうキャラクター設定になるまで、時間をかけてずいぶん悩んでくれただろ。ほかの奴らのことも。昼間はしっかり働いて、夜は俺らのために時間を使ってくれている。お袋こそこの小説のヒロインみたいなもんだろ」

「その言い方ずるいよー。もう！　本当にイケメンなんだから！」

外見だけでなく、中身も。

作者が自分の作り出したキャラクターに愛着を持つのは当たり前だが、逆にキャラクターからも自分が好かれることがあるなんて、翠は今まで考えたことがなかった。

その名倉崎のために、そして大事なヒロインのために、自分がやれることをやらなくてはと、翠は俄然使命感に燃えてきた。

(ここまで言われたら、ぜひとも名倉崎が納得できるような話にしてやろう)

「わかった。いろいろ変えてみるから、ちょっと待って」

ノートに思いつくまま言葉を書き連ねては、線を引いて消したり、丸で囲んでほかの単語と結び付けたり。そうやって頭の中を整理していく翠を、名倉崎はしばらく黙って見ていたが、やおら立ち上がった。

勝手知ったるというわけではなさそうだが、さっき翠をトイレに連れて行ったので、なんとなく間取りや家具の配置がわかるのだろう。

なにやらカチャカチャと音がして、まもなく部屋に戻ってきた名倉崎の手には、湯気がたったマグカップが握られていた。それを、翠に差し出す。

「え？　わざわざ作ってきてくれたの？　ありがとう！」

受け取った翠は、火傷しないようにふうふう吹いてからカップに口をつけた。口の中に、ほんのりとした甘さが広がる。このミルクティーには、砂糖が入っていた。

「頭を使うには、糖分が必要だろう。あと、リラックスな。茶葉がどこにあるのかわからなかったんで、探すのに手間取って悪かった」

(このイケメンめ。ワイルドなのに時折見せる優しさと気遣いまであったら、確実にモテモテな上司じゃないの！)

翠は渡されたカップを左手に持ってミルクティーを少しずつ飲みながら、右手でペンを走らせた。

やがて、翠の中で、ストーリーがひとつにまとまる。

「名倉崎さんの主張を取り入れます。ヒロインは二十八歳。仕事はできるほうで、上司の名倉崎さんからも信頼されるくらいの人」

「おっ」

名倉崎が、目を輝かせて身を乗り出した。

「初めから名倉崎さんとは、上司と部下の関係以上恋愛未満くらいの仲でどうでしょう。互いに好感を持っているけれど、それ以上にはなかなか進まない、まさに仕事を間に挟んでの駆け引きがあるくらいの」

「わかってきたじゃないか、お袋」

そんなヒロインだったら、きっとこんな外見の名倉崎さんの世話も焼くのだろう。ボタンをしっかり留めてくださいとか、皺になるから袖まくりはやめてくださいとか、翠の頭の中にはふたりのやり取りが自然と浮かんできた。

うるさいなあと言いながらも、名倉崎は時々ヒロインの言うことを聞いて、袖をおろし、これでいいかって言ったりして。

周囲からは、まるで母子ですね、なんてからかわれることもあるくらいの距離感だ。

「そこに、新入社員が入社してきます。ほかの支社で研修を終えてきた新人くん。それがもうひとりの男性、名倉崎さんの恋のライバルです」

「営業成績トップで爽やかなイケメンくんの設定は止めたんだな」

「止めてません、営業トップ以外は。それと、転職組という設定をヒロインじゃなく新人くんのほうに振ります。一応ほかで働いていた経験があるし、要領さえ摑めれば大丈夫だろうから、それまで新人くんの面倒を見るよう、あなたがヒロインに命令するんです。それは、ヒロインの誠実な仕事ぶりをあなたが評価したから。最初はしぶしぶながら引き受けたヒロインは、新人くんが思いのほか吞み込みが早くてしっかりしているので、これは期待の大型新人、育て甲斐がある的な気持ちになります」

そうなってくると、ヒロインは新人くんに時間をかけて教えるのが楽しくなってくる。新人くんも素直に懐いてくるだろう。

「そんなふたりの様子を見て、あなたが焦れてくる。ヒロインはあなたに言われたから新人くんの面倒を見ているのに、いざヒロインの新人くんにかけるウェイトが大きくなってくると、あなたはもやもやしてくるんです」

「うわ、俺、ダサイな！」

「そこで彼女への気持ちを自覚してくださいね。ただの上司と部下の関係だと思っていたけれど、彼女が自分の身の回りのことにあれこれ口を出してくれていたのが実は楽しかった。その立場を今は新人くんに譲ってしまっている。しかも、それを命じたのは自分だから、新人教育を放り出せとは言えない」

ふっふっふと笑う翠に、まじかーと髪を掻きむしる名倉崎。

「あなたの態度が変だなーって彼女もなんとなく気づくわけです。でも、理由がわからない。そうこうしているうちに結構重要な案件がやってきて、それを彼女に任せるから、新人くんの指導はほかの人に引き継げとあなたが命じる」

「それって俺の明らかな職権濫用じゃないか！」

「それだけあなたは、彼女の有能さを認めているってことです」

「ぐっ…」

「まあ、口実ではありますけどね」

仕方ないなあと思いながらも、仕事を引き受けるヒロイン。

すると、ほかの人について仕事を覚えるように指示した新人くんから呼び出され、告白される。「先輩、俺の好みドストライクです、俺たち付き合いましょう」って。

「だあああああ！　そいつ、辞めさせせろ！　半端な仕事しかできないくせに、ヒロインを口説くなんて百年早い！」

思わず叫ぶ名倉崎に、翠は勝った！　と思った。ヒロインのような女はない、好きになれない的なことを言っていた名倉崎が、新人男性社員に苛立つほど彼女のことを意識し始めている証拠だった。

翠は、物語が動き始めたのを感じる。

「もちろん、彼女は新人くんの告白を受け入れません。あなたが言ったみたいに、半人前の人とは付き合えないって言うんです」

「お、いいぞいいぞ、そのとおり」

「すると新人くんは、仕事ができればいいんですね、じゃあ僕が一人前にできるようになったら付き合ってくださいって言うのよ」

「腹立つな、そいつ。ほかの部署に飛ばせ」

名倉崎は、まだ翠の構想の中にだけ存在する新人部下に腹を立てている。それが、ヒロインへの好意の裏付けになっていると感じた翠の想像はますます膨らんで、話がどんどん進んでいく。

「公私混同しないでください。その後、新人くんはめきめきと頭角を現して、バリバリ働き始めるんです。それこそ、新人とは思えないくらいの結果も出して。あなたもそれは認めざるを得ない。仕事の能力を周囲からもあなたからも評価されるようになった新人くんは、再びヒロインに交際を迫り、強引にキスまでしてしまいます」

「警察を呼べ！　ふざけるな！」

「しかも、あなたがそれを目撃してしまう」

「最悪な展開だな！」

「で、ムカムカしたあなたはあなたで、新人くんから逃げてきた彼女に事情を問い質《ただ》して、やっぱり強引に……」

「待った！　いくらなんでも俺に余裕なさすぎだろうが！」

新人部下の所業を怒っていた名倉崎は、今度は自分が同じようなことをしてしまう展開になると聞いて、抗議した。

「余裕、あるんですか？　だって、彼女に新人くんが近づくの、嫌なんでしょ？　名倉崎さんの今の気持ち、考えてください。そりゃあ、あなたが一時の感情に任せて新人くんと同じようにヒロインに手を出したら、彼女をさらに傷つけることになります。でも、だからと言ってなにもしなかったらあなたと彼女の仲は一ミリも進まないんですよ」

「うっ……恋愛経験値ゼロのお袋からそんなことを言われるとはな」

「それこそ余計なお世話！」

鋭い指摘に、翠は赤くなった。そんなことまで自分のキャラクターにわかってしまうってどうなのと叫びたかったが、今は動き出した話の勢いのほうが大事だった。

「もちろん、強引なキスだけじゃなくて、告白もするんです。ヒロインが好きだって。おまえがほかの男の側にいるってだけで、俺はおかしくなりそうだって。彼女はあなたと新人くんの間で揺れるんです。そこへ、新人くんのフィアンセが押しかけてきて、新人くんが自分との婚約を解消したいと言ってきたのは、年上の彼女が新人くんを誑《たぶら》かしたせいだって、言いがかりをつけてきます」

「うわ、修羅場かよ」

「だって、ドロドロな恋愛にしないと、小説として読者を引きつけられませんから」

さらにドロドロにするために、翠はベタな展開だけれど、と付け足した。

「その婚約者の女性というのは会社の重役の姪で、新人くんは婚約者と結婚に向けて具体的に話を進めるために、元いた会社からこちらの会社に移ってきたってことが発覚。婚約者がいる新人くんに指導役のヒロインが手を出したというように噂が広まって、ヒロインは周囲から冷遇されることになるんですよ。でも新人くんは、重役の姪に半ば強引に押し切られる形で婚約したけれど、自分が本当に好きなのはヒロインだから、婚約を解消するって言ってくれるんです」

「なあ、ここにきてなんだけど、そいつ、意外と優柔不断な奴じゃないか？」

「優柔不断と優しさは紙一重。それが新人くんの本性っていうのはどうですか？」

素直で爽やかで優しいけれど、その優しさがトラブルを引き寄せてしまう新人くんを、ヒロインはなかなか見捨てることができない。

そんな中、新たに大口の仕事が舞い込む。部内は色めき立つが、重役の鶴のひと声で主人公はその仕事から外されてしまう。ショックで落ち込むヒロインを支えるのは……

「あなたですよ、名倉崎さん！」

「俺？」

「頼りがいがある切れ者上司！　ここでヒロインを助けなくてどうするんですか！」

翠に煽られ、名倉崎はしばし絶句し、それから拳で自分の胸をどんと叩いた。

「おう、任せとけ！　俺は仕事はするサラリーマンだ。責任は果たすぞ」

「もちろんです」

「ヒロインも参加できるよう、上に掛け合ってやる。新人には、おまえの軽率な行動でヒロインが窮地に立たされているということもはっきり言ってやる」

「さすがです、名倉崎さん。その後ですが、刺されてください」

「はあ？」

翠の予想外の提案に、名倉崎が思わず素っ頓狂な声を上げた。

刺されてくれとは、あまりにも物騒な申し出である。翠が作った作品のキャラクターだとはいえ、こうして向かい合って話している相手に、翠は刺されてくれと言ったのだから。

「お袋、そいつはおかしいんじゃないか。刺すのは、婚約を解消されたかされそうになったかって重役の姪だろうから、刺されるのは新人かヒロインしかいないだろ」

「だーかーらー。ヒロインを庇うんですよ、あなたが」

仕事が一段落ついて、残業続きだった部下たちを名倉崎は久々に早く帰らせる。フロアには、名倉崎と新人くんとヒロインしか残っていない。彼女を挟んで互いにライバルと意識し合う名倉崎と新人の会話はギスギスして、雰囲気が悪い。

ヒロインが戸惑っていると、そこへ婚約解消を告げられた重役の姪が包丁を手に乗り込んできて、半狂乱でヒロインに襲いかかる。

「ど修羅場じゃないか。そうか、それで俺がヒロインを庇って刺されるのか」

「はい」

救急車が呼ばれ、警察沙汰になる。

事情聴取を受けたあと、解放されたヒロインは一生懸命名倉崎の看病をする。

「まあ、刺されたのは腕なので、命に別状はないんですけどね」

「なんだ、その程度か」

「ただ、神経を傷つけてしまって、腕は上がるけれど上手く動かせない、という後遺症が残る。それってまずいですか」

「当たり前だろ！　俺のキャリアはどうなるんだよ！」

名倉崎の抗議を受けて、翠はその案を引っ込めた。

「じゃあ、軽傷で。でも、刃傷沙汰になって警察に救急車ですから、新人くんもヒロインもほかの支店に飛ばされちゃうんですよ。いわゆる左遷。婚約解消が引き金なわけですが、新人くんは有能であることは確かなので、それほど遠くまでは飛ばされない。なのに、ヒロインは引っ越さないといけないくらいの地方」

「マジか！　納得いかないな！」

三人はバラバラになる。異動の内示が出たことを、まだ休んでいる名倉崎に電話で伝えるヒロイン。その彼女の前に、名倉崎が現れる。

「本心はおまえと離れたくない。そばにいたい。でも、自分は部下に対する責任もあるから、簡単に今の仕事を放り出しておまえと一緒に行くことはできないって言うんです。ヒロインは、自分も態度をはっきりさせていなかったから悪かったと言うんですが、あなたはそうじゃないだろう、と」

新人の教育係を命じたのは名倉崎。

なのに、いざヒロインと新人との距離が縮まると、面白くない気分になったのも名倉崎。

その新人に強引にキスをされてショックを受けているヒロインに、さらに手を出したのも名倉崎。

一番みっともなかったのは自分だなと、ヒロインに告白し——

「一年後に迎えに行く、そのときにおまえに求婚するからなって」

「ちょっと待て。まずお付き合いじゃないのか？　遠距離恋愛とか」

「しません。だって、会社で警察沙汰になったんですよ。名倉崎さんはこんな格好ですが、やるときはやるというカッコいい大人の男なので、自分が勝手に庇って刺されて会社に迷惑をかけた。その借りはきっちり返すってことにするんです。だから、一年間はヒロインと一切連絡を取らないでがっつり働く。そうひとりで決めちまった。悪いな、って彼女に言ってください」

それに対し、ヒロインはきっと非難しないだろうと、翠は彼女の気持ちを想像した。

もし、翠がヒロインだったらこう言うだろう。名倉崎さんらしいですね、と。

「そして、新人くんも同じように彼女に言うんですよ。新しい職場で周囲に認めてもらえるよう頑張って働きます、一年後、もっと頼りがいのある男になって、あなたを守るに足る人間だと認めてもらえるようになっていたら、付き合ってくださいって」

「よし、そいつをぶん殴ろう、婚約者がいるっていうのにヒロインに手を出した罰だ」

ここで相手を殴るというルートはあるのだろうかと、翠は考えた。あってもいいかもしれない。名倉崎が、「俺のせいってのもあるが、そもそもおまえだって原因のひとつだろうが」と言って。

貧乏くじを引いたのはヒロイン。人生一番のモテ期が、社会人人生一番の大厄で八方塞がりで大殺界じゃないかってくらいの大損期になってしまった。

そんなヒロインを、落ち込ませるだけでなく、強くしたたかに生き生きと描くことで、名倉崎も新人くんも生きてくる。名倉崎に見込まれるくらい仕事ができる女性なのだ。タフな設定でいこうと、翠は主人公像を脳内で強化した。

「そして一年後、あなたは彼女を迎えに行くんです。会社を辞めて独立するからって。誰にも文句を言わせないために一年間根回しもして、退職して起業する。苦労かけるだろうが、俺と一緒になってくれって」

「う、うん」

「そこに、新人くんもやってきます。左遷先で最初は噂が先行して冷遇されたけれど、誠実に働き続けたおかげで今では立場もずっとよくなった。だから、再びあなたの前に来ましたって。さて、ヒロインは新人くんを蹴って名倉崎さんの求婚を、受け入れるでしょうか？」

「はあ？　受け入れないって選択肢もあるのか！」

てっきりそこで結ばれてハッピーエンドだと思っていたらしい名倉崎から、不満の声が上がる。

「いや、だって勝手に一年間って決めたのは名倉崎さんだし。新人くんにもチャンスはあるわけだし」

「違うだろ！　そんなチャンスを設けたのはお袋だろ！」

「それはそうだけれど……」

それでも、翠の中で登場人物たちが動き出した結果がこのラストなのだ。あんなに悩んでいたのが嘘のように、作品の流れが決まってしまった。あとは、これを文字で表現するだけである。

その作業が一番大変なのだが、きっとできる。完成させることができる。今の翠は自信を持ってそう言い切ることができた。

そんな翠の表情に、名倉崎もふっと苦笑を浮かべて、大きな手を翠の頭に置いた。

「仕方ないな。そこはお袋に全面的に任せたわ。なんてったって主役はヒロインだからな。俺は脇役。彼女に迷惑をかけたという意味では、新人野郎と立場はどっこいどっこいなわけだし。だけど、サンキューな」

「え？」

「真剣に考えてくれてさ。急に現れてお袋に抗議してしまった俺の意見を誠実に聞いてくれて、ヒロインのこともライバルになる奴のことも設定を変更してくれてサンキュー。俺、お袋に生み出してもらってすごいよかったわ。お袋が俺が振られるのをラストにするって言うなら文句はつけないよ」

「名倉崎さん……」

翠の目が、涙に潤む。明らかに自分より年上なはずの男性に、優しく頭をぽんぽんと叩かれ、礼を言われたのだ。

本来なら書いて推敲して加筆修正して、コンテストに応募するなりサイトにアップするなりして、顔も知らない第三者に読んでもらうぐらいしかなかった作品が、とてつもなく愛着の持てるものに変わっていく。

(自分が作り出したキャラクターって、生きているんだ……私も責任を持って生き生きと書いてあげないと、罰が当たる……)

「が、頑張りますね、名倉崎さん！　あれ、名倉崎さん？　名倉……」

涙を拭おうと眼鏡を外した途端、急に体が重くなった。それからふわりとした感覚に襲われ、視界が暗転する。

貧血のような症状に、翠は思わず床に手をついて突っ伏し、それでも頭に置かれた名倉崎の温かい手の感触をずっと感じていた。

「……崎さ……名く……さん…………あれ？」

俯せの状態でいた翠の額に当たるのは枕ではなく、なにか硬くて冷たいもの。伸ばした右手がしっかり握っているのは、どうやら眼鏡らしい。ここはどこだろうとぼーっと考えた翠は、見慣れたドアが視界に入り、ハッとした。

「トイレ……トイレのドア？　ってことは、私、トレイの前で寝てたの？」

よりにもよって、あまりにあまりな場所である。トイレのドアだと気づいた途端、翠は急な尿意に襲われ、がばりと起き上がってトイレに駆け込んだ。

終わって水を流しながら、自分は昨夜トイレに行く途中だったことを思い出す。

紅茶を三杯も飲んで、トイレに行きたくなって椅子から立ち上がり、倒れてきた座卓が足の小指を直撃して、その痛みでバランスを崩し、体を丸めて額をドアの横の壁に強打したはずだと、自分の左足を見る。幸い、小指は無事で、爪も割れていなかった。

ほっとした翠は、きっと名倉崎は夢の中に現れたのだろうと思った。

自分があまりに悩んでいたから――小田や佐野に対して罪悪感を持ち、話が決まらない焦りもあって追い詰められていたから――

おかげで話はおおよそ決まり、翠はその内容をしっかり覚えていた。あとはそれを忘れないうちにノートに書き留めるだけである。時計を見ると、まだ朝の五時半過ぎ、出勤まではまだ余裕があった。

「よし、プロットを起こそう！」

眠気覚ましに顔を洗って、それからプロットをまとめてしまおうと思い立ち、翠は洗面所に向かった。

そこで、洗面所の鏡に映った自分の顔を見て、思わず叫んでしまった。

「ああ！　どうしよう、これ！」

翠の額の中央には、内出血で色が変わった箇所がある。これは、どう考えても、壁に強くぶつかったときにできた痕だ。

内出血は、枠の形のとおり縦線一本になっていた。キッチンに続くドアを出ようとしてその横の壁にぶつかったと思っていたが、どうやらドアが収まる枠の部分だったらしい。

「うわあああん！　顔に縦線を入れた女って、恥ずかしすぎる！　これ、化粧で誤魔化せるかな？」

額の内出血に気を取られていた翠は、飲みかけのまま冷えた四杯目のミルクティー入りのマグカップが、洗われずにキッチンのシンクの中に置かれていることに気づいていなかった。


その日ふじき野市役所に出勤した翠は、いきなり乙葉に呼び止められる。

「おはよ……ってどうしたの、それ！」

「え、えへへ、家でトイレに行こうとして、座卓が小指の上に倒れてきて、痛くて悶絶したらその拍子に壁のところのドア枠にぶつけた」

内出血の痕は化粧で薄くなったものの、まだ縦線は見える。マスクで誤魔化したくても場所は額なので不可能だ。せめて前髪をできるだけ下ろして隠すしかない。

市役所窓口を利用してくれる市民の皆様は、窓口で働く職員の風貌などほとんど見ていないだろうからと、翠は自分を励ました。

そんな翠に、乙葉がほっとしたように笑う。

「翠、なんとなくすっきりした顔してる」

「えっ、わ、わかる？」

「わかるわかる。私に相談しなくても解決できちゃったのかなー。せっかく翠の悩みを聞けるかと思ったのに残念！」

　小説に関わることなので、乙葉に相談する気はなかったが、こうして親身に自分を心配してくれる人がいることに、翠は心の中で感謝した。

　早速その日の夜から詳細なプロットと、登場人物の設定のし直し、相関図の作成などを始めた翠は、すべてがそろった木曜日の夜、そのデータを小田に送った。

　夜中だったのですぐに返事はこなかったけれど、翌金曜日、小田は職場で目が合うと周囲をそっと見回し、書類で手を隠すようにして親指を立てて見せた。

　それが送ったプロットの評価であり、小田からのゴーサインということだろう。少なくとも前のものよりよくなっていると思ってもらえたことに、翠は俄然燃えてきた。

　その晩からでもすぐに本文を書き始めたいと思ったが、翠にはその前にすることがもうひとつあった。

「佐野さん」

　翠は、離れた席に座ってパソコンのキーボードを打っている佐野のそばに行った。佐野の大きな手と太い指の下にあると、キーボードも小さく見えるなあと思いながら、手元にちらりと視線を走らせる。

　佐野は、翠が話しかけてきたことに、驚いたらしかった。

「あのですね、先日飲みに誘っていただいたのに、断ったじゃないですか」

「あ、ああ……もしかして、ずっと気にしていたのか？　最近、避けられていたみたいだったから」

　そう思われていたのかと、翠は気まずく思った。避けていたのは、小説の設定から翠が勝手に変な妄想をしてしまっていたからなのだ。決して飲み会の誘いを断ったことを申し訳なく思ったからではないのだが、本当の理由を説明するわけにもいかないので、翠はえへへと誤魔化しておいた。

　佐野はそれを肯定と受け取ったらしい。

「気にするなよ。俺が急に誘ったわけだし、笛木には笛木の都合ってもんがあるんだからな」

（佐野さん、すごくいい人だー！　ごめんなさい。勝手に脳内で三角関係の妄想に引きずり込もうとして！）

　実際のプロットは、佐野とは程遠いキャラクターを登場させることになったものの、翠としてはまだ罪悪感が消えない。

　だから、むくむくと湧き上がる執筆意欲を、今日一日だけは我慢することにした。

「なので、今日お仕事が終わったら、飲みに行きませんか？　金曜日だし、いいかなあって。どうですか？」

「お、おう！　俺はいいぞ！」

佐野の返事が思いのほか大きく響き、周囲の同僚から「お、飲み会か」「私も行きたーい！」「新しい店、開拓しようぜ」などという声が上がり、どんどん人数が増えてしまった。

翠とだけ話していたつもりなのに、突然何人も会話に割り込んできて佐野はぎょっとしたようだが、すぐに体育会系らしく鷹揚《おうよう》に頷き、自分が幹事をするから行きたいメンバーは手を挙げてくれと仕切り始める。

佐野さんは頼りになる先輩だよねと思いながら、翠は席に戻った。

「もちろん私もよね？」

隣から乙葉が翠を小突きながら聞いてきた。ノーと言える雰囲気ではなくなっていたし、こうなったら人数が多いほうが楽しいお酒になるだろう。

「もちろん。前回は行けなかったから、今夜は一緒にね」

「そうこなくっちゃ！」

仕事が終わったら飲み会だ。それは職員のモチベーションをかなり上げたらしく、翠自身も能率が上がるなあと思った。

窓口受付時間になる。翠は窓口の前に座り、前髪を指先でちょいちょいと直して背筋を伸ばした。

順番カードを手に呼ばれるのを待っている利用者の姿に、翠は自分の作品の登場人物に恥ずかしくないよう、仕事を頑張らなくちゃと思った。

小説投稿サイト×大手出版社コラボ募集作品『可愛い花は二匹の蜂に狙われる』改め『狙われた華――年上上司と年下新人の甘い誘惑』抜粋

青木美琴

私は、須藤《すどう》くんのいつもと違う雰囲気に、思わず後退る。でも、須藤くんはそれを許してくれなかった。

私の腕を掴む彼の手が、熱い。

「臼井《うすい》さんが言ったんですよ。仕事が半人前の男とは付き合えないって」

言った、確かに言った。

当然だと思う、私たちはこの会社で仕事をしてお給料をもらう身分なんだから、ろくに仕事もしないで好きだのなんだのってそれはない。

新人の須藤くんから、好きだって告白されたときも、私はそう言って断った。

そしたらこいつ、はりきっちゃって、バリバリ働くんだもの。

中途採用だから、前の会社での経験もあるんだろうけれど、それにしたって仕事ができすぎる新人だと思っていたら、あっという間に元からここにいた人たちと変わらないくらい、成果を上げるようになっていた。

それを素直に喜んでいたというのに、このシチュエーションは何事？

誰もいない休憩室で、なんで私は須藤くんに腕を掴まれなくちゃいけないわけ？

「ま、待って、須藤くん」

「好きです、臼井さん。僕と付き合ってください」

「だから、落ち着いて！　私にも話をさせて！」

こんなに強引な奴だとは思わなかった。

てか、誰か来たらどうするのよ。残業している人だって、まだ何人かいるんだから。

「あのね、須藤くん。確かに私は仕事をきちんとしている人が好き。少なくとも、いい加減な仕事の仕方をしている人を、好きにはなれない」

「だったら、今回の僕の仕事ぶりは、合格ですか」

合格か不合格かだったら、間違いなく合格なのよね。

でも。

「ごめん、須藤くん」

「臼井さん……」

「須藤くんは、すごくかっこよくて爽やかで、なのにそれを鼻にかけたりしないイケメンくん。仕事だって、もう私が教えることなんかなにもないくらい優秀。だからね」

こんな年上の女じゃなくて、同い年の子や年下の子のほうがいいんじゃないかな。私に告白してくるのは、きっと一緒に仕事をしていたから。すぐにほかの可愛い子に目が行くに決まってる。

「だから……」

だから、もっとふさわしい子に。

そう言おうとしたけれど、最後まで言わせてもらえなかった。

ふいに須藤くんの顔が近づいてきて、唇に熱く柔らかいものが触れる。

これって——

「ん……んう……っ」

私は身を捩って逃れようとしたが、須藤くんの腕はびくともしなかった。重ねられた唇の間から、濡れたものが私の口の中に侵入しようとしてくる。

私は、全力で歯を食いしばり、唇から先に入ってくることを許さなかった。

やがて、須藤くんの顔が、ゆっくりと離れた。でも、瞳はずっと私の目を見つめたまま。

今まで私は、須藤くんの瞳の中に、こんな獣のような欲望が滾《たぎ》っているのを見たことがなかった。

「臼井さん。僕、僕、本気なんです」

「……ご……ごめんっ！」

「臼井さん！」

私は、思いっ切り須藤くんの胸を突いて彼から逃れた。そのまま、逃げるように休憩室から走り出る。

一刻も早く、この場から離れたかった。

誰にも見られないうちに、早く──早く──早く。

でも──どこへ？

「おい、臼井？」

気がつくと、私は名倉崎さんのデスクの前にいた。

ほかの席とはパーテーションで仕切られていて、同じフロアでもほかからは見えにくい。

でも、どうして私はここに来てしまったんだろう。

名倉崎さんは、急に駆け込んできた私に、驚いたような表情を浮かべていた。

どうしよう、なんて言えばいいんだろう、てか、どうして名倉崎さんのところに来たの、私……。

無意識に、私は自分の唇を手の甲でゴシゴシと擦った。さっきの須藤くんのキスの感触が残っていそうで、そのまま名倉崎さんの前にいるのが嫌だったんだと思う。

けれど、私のその仕草で、なにがあったのか名倉崎さんにはわかってしまったらしい。

「あの野郎……っ！」

名倉崎さんは、私を押しのけるように出て行こうとした。須藤くんのところに行くつもりだと思った私は、思わずその腕に縋《すが》りついた。

「ま、待ってください！」

「待てだと？　だって、おまえ……！」

「お願いです。それと、声……！」

パーテーションに、防音効果は皆無。単なる仕切りだから仕方ない。私は、ここに逃げ込んできた自分の迂闊《うかつ》さを呪った。

名倉崎さんの腕に、私の指が食い込む。

その指の白さと、今さらながらガクガクと震え出した膝に気づいた名倉崎さんは、少し落ち着いたらしかった。

自分の腕から私の手を引き剝がし、そのまま手を取って椅子に座らせた。

「すまなかったな。カッとなった」

「私のほうこそすみません」

そう、ここに来なければよかったのだ。

上司である名倉崎さんにしてみれば、自分が教育係に指名した私が新人くんになにかされたなんてことになったら、多少なりとも感情的になってもおかしくない。

「場所を変えるぞ。歩けるか」

私は名倉崎さんに支えられるようにして、近くのドアからそっと廊下に出た。

二十時を過ぎた今も、残っている社員のために廊下の明かりは煌々と灯っている。

資料室のドアを開け、名倉崎さんは私に入るように促した。周囲を見回してから、名倉崎さんも入ってきて中から鍵をかける。

「大丈夫か、臼井。その……おまえの意思に関係なく、その、されたんだな」

そうなんだけれど、その前に私が誤解をさせるような言動をしていたからだし、もしかしたらもっと上手な言い方もあったかもしれなくて、だから須藤くんだけが悪いわけじゃ……

「臼井。俺を見ろ」

ぐるぐると思考が渦になって言葉にならない私の頬に、名倉崎さんの手が触れた。

その熱さは、まるでさっきの須藤くんの手と同じようだと、私は思った。

第三章　女賢者は恋愛レベル１からのスタート

「ねえ、笛木さん、ちょっといいかしら」

昼食を終え、トイレで歯を磨いていると、背後から翠に声がかけられた。鏡には、髪をうしろでひとまとめに縛っている女性が映っている。

その顔を、翠は知っていた。彼女は、同じ市民生活部のパスポートセンターで働いている瀬野尾沙織《せのおさおり》だ。翠がこのふじき野市役所の市民生活部市民生活課に配属されたとき、既にそこにいた二歳年上の先輩でもあった。

彼女は一年間一緒に働いた後、隣のパスポートセンターに移った。とはいえ同じフロアにある部署なので、時折顔を合わせれば会釈くらいはしている。

責任感が強く、真面目できっちりとした仕事をする女性。それが瀬野尾に対する翠の印象だった。その彼女に呼ばれ、なにか仕事のことだろうかと、翠は返事をした。

「あ、はい、大丈夫です」

そのまま瀬野尾は翠を、資料室に連れて行った。

普段は人けがなく、ファイルが並んでいるだけの部屋だ。ここにある資料のことでなにか聞きたいことでもあるのだろうかと、翠は瀬野尾の言葉を待つ。

だが、瀬野尾の口から発せられたのは、翠が予想もしていなかったことだった。

「あなた、小田課長と佐野さん、二股かけているんですって？」

「はあっ？」

びっくりしすぎて、翠はぽかーんと口を開いたまま固まった。

二股……二股……どういう意味だっけ……ええと、ふたりの人と同時にお付き合いをすることで、小田課長と佐野さんに二股をかけるっていうのは……。

「ど、どうしてそんな話になってるんですか？　違いますよ！」

ようやく頭の中で言葉の意味を理解した翠は、猛然と抗議した。なにをどう考えて、瀬野尾はそういう結論に至ったのだろうと。

翠の抗議に、瀬野尾は冷たく返す。

「へえ、じゃあどっちと付き合ってるの？」

瀬野尾は、どうしても翠がどちらかと付き合っていると思いたいようだ。

いきなり根も葉もない言いがかりをつけられたように感じた翠は、むっとする。普段、職場で目立たないようおとなしくしている翠にしては、珍しく反抗的になった。

自分の仕事のことをどうのこうの言われる分にはまだいい。自分より仕事が早く人当たりがいい同僚はいくらでもいるのだから。

しかし、瀬野尾が翠に尋ねているのは、仕事のことではなかった。しかも、どちらも正解ではない。なにしろ、翠にとっては小田も佐野も、上司や同僚という存在でしかないからだ。

もう少し踏み込んで言えば、小田は小説について語り合う同好の士であり、小田の妄想を聞く代わりに翠の書く小説を読んで感想や批評をもらっている。それはギブアンドテイクのようなもので、決して男女の関係ではなかった。

「どっちとって、どうしてどっちかと付き合っていなければいけないんですか」

翠が強い調子で言い返すと、一瞬瀬野尾が怯んだ。普段の翠からしたら、少し強く言えば青くなって、正直に答えるのではないかと思っていたのかもしれない。

怯んだことを自覚したのか。それが翠相手だったのが癇に障ったのか。瀬野尾の口調がさらにきつくなる。

「気分悪いでしょ。同僚が、同じ職場の人間と二股とかって」

気分が悪いのは、翠のほうだ。トイレで歯を磨いていたら、こんな誰もいない部屋に連れてこられて、責め立てられているのだから。

「ないです！　それ、あり得ませんから！」

「あり得ない？」

疑わしそうに瀬野尾は眉を顰《ひそ》める。こんな表情をする彼女は今まで見たことがなかった。

とにかく、こんなデマが広まったら迷惑だし、いったいどこからそんな誤解が生じたのか教えてもらいたかった。

「だって私、小田課長とも佐野さんともお付き合いなんかしてないですよ。だから、そんな馬鹿な質問をしないでください」

「嘘」

たったひと言。翠が本当のことを言ったのに、瀬野尾はたったひと言でそれを否定した。

「嘘じゃないです！　ふたりに聞いてみたらいいじゃないですか！」

「聞けるわけないでしょ」

その言葉はずいぶん卑怯に感じられて、翠はきつく責められていることへの怖さと共に怒りを感じた。

（私の言葉は全部疑って信じようとしないくせに、小田課長と佐野さんには聞けないなんて――）

「私には聞けて、ふたりには聞けないって、おかしいでしょう？　だいたい、どこからそんな話が出てきたんですか」

瀬野尾がいたって真面目で不正というものが許せない性格だから、誰かが彼女に根も葉もないことを吹き込んで、翠を悪者にしているのではないかと翠は思ったのだ。

翠に問われても、瀬野尾の態度は変わらない。

「あなた、小田課長とよくアイコンタクトを取っているし」

それを、パスポートセンターから見たというのだろうか。同じフロアにあるが、窓口にいる翠の視線など、そう簡単にセンターから確認できるはずがない。

「アイコンタクトだなんて、そんなことしてません。書類を提出しにいくタイミングを計って、ちらりと見ることはありますけれど」

すると、瀬野尾からの質問が変わった。

「佐野さんも、あなたによく声をかけているみたいだし。飲み会したでしょ」

「飲み会は確かにしましたけど、みんなと一緒です」

それだって、そもそも佐野が最初に飲み会に誘ってきたときに、翠が参加できなかったから、申し訳ないと思って今度は自分から声をかけたのだ。

しかも、ふたりきりではない。市民生活課の何人かに、他の課からも何人か加わって、十人くらいで飲みに行った。そして、翠は一次会で抜けて自宅に帰った。それだけだ。

佐野もそれで帰宅したのか、誰かと二次会に行ったのか、それさえ知らなかった。

「でも、あなたを最初に誘ったのは佐野さんだって聞いてるわよ」

聞いている――誰に？　やはり誰かが瀬野尾にあることないこと告げ口したのだろうと、翠は思った。なにが目的なのかはわからないが、自分への悪意だけは感じる。

「最初のお誘いは……！　私がちょっと悩み事があって調子を崩していたから、佐野さんが気を遣ってくれてですね」

「気を遣ってくれた相手の誘いを断ったんだ、ふーん」

「だから！　体調も都合も悪いときってあるでしょう？」

飲みに行っても、断っても付き合っているのではないかと疑われる。どんな答え方をしたら瀬野尾は満足するのか、翠にはわからない。ただ、本当のことを訴えるしかなかった。

「どこからそんなデマが出てきたのかわかりませんけど、迷惑です！」

「てことは、ふたりに気を持たせたあげく、高見の見物？　それとも、天然で気づかないキャラ発揮？」

「はあ？」

「最低ね！　いい加減にしてちょうだい！　本当に気分が悪いわ！」

「ちょ……！　瀬野尾さん！」

言いたいことを最後の最後で全部翠に叩きつけ、瀬野尾はカツカツと乱暴な足音を立てながら資料室を出て行った。

残された翠は力が抜けて、ふらふらと壁に寄りかかる。怖かったし悔しかった。午前中まで、いや、昼食を食べ終わるまで、翠は平凡な日常を送っていたというのに。まるで突然起こった竜巻に巻き込まれたかのような気分だった。


午後の仕事が始まる前に、翠は青い顔をして資料室から自分の席に戻ってきた。それを、乙葉が見逃すはずがない。

なにがあったと問い詰められ、翠はたった今瀬野尾に責められてきたことを打ち明けた。

「えっ！　瀬野尾さんにそんなこと言われたの？」

さすがに乙葉も驚いたらしかった。

「うん……」

翠は、力なく頷く。さっきまで怒りで全身に力が入っていた分、今は弛緩して顔にも首にも手にも力が入らなかった。

代わりに、今度は乙葉の可愛らしい表情がみるみるうちに険しくなる。怒って赤くなっても女子力高い顔って得だなあと、翠はぼんやりと思った。

「信じられない……！　何様よ、あいつ！」

翠は一年間瀬野尾と同じ課で仕事をしたが、乙葉は瀬野尾と入れ違いに市民生活課に配属になった。なので、瀬野尾に仕事を教えてもらったこともなく、同じ部内だけれど課の違う同僚ぐらいにしか思っていないのだろう。

そんな違う課の人間から、同僚で友人でもある翠が誹謗中傷されたことに、乙葉は怒っていた。ちゃんと自分のことをわかってくれる同僚がいてよかったと、翠はほっと息をつく。

「私、二股なんてするように見えるのかなあ」

まさか、彼氏いない歴イコール実年齢の自分が二股を責められるとは思わなかった。もしかしたら、彼氏がいなくて男性に媚を売っているように見えているのだろうかと、翠は乙葉に聞いてみた。

「全然見えないわよ」

乙葉が、あっさりと否定してくれたことに、翠は安堵する。

「でしょ？」

「以前から女子力、全然アップしてないし、恋をしたら少しはそういうところに気が回るでしょう？　翠、変わらないもの」

「そこで判断って……」

　これは喜んでいいのか文句を言うべきなのか、翠は微妙な気持ちになった。しかし、信じてもらえただけでよしとしよう。そう思って翠はいつものようにパソコンに向かった。


　そんな騒動の一週間後。

　今度は、先に歯磨きを終えて出て行ったはずの乙葉が、再びトイレに飛び込んできた。

乙葉は、携帯を片手に翠の腕をぐいぐいと引っ張る。

「ちょっと、翠！」

「え、なに？」

　ちょっと待ってと、翠は急いで口をすすいだ。翠がハンカチで口元を拭いていると、
乙葉は自分の携帯の画面を翠に突きつける。

「これ見て、これ」

「え……」

　それは、ＳＮＳの画面だった。乙葉はどんな情報を見つけたのだろうと覗き込んだ翠

は、愕然とした。

まず、目に飛び込んできたのは写真。はっきりと誰かの顔が写っているわけではない。

しかし、これはどう見ても……

「これ、市民生活課よね？　それと、これ……」

ショートカットで、クリーム色のカーディガン、紺色のスカートの女性が窓口に座って利用者と話をしている。どちらの顔も鮮明ではないけれど、明らかにこれは翠だ。知っている人が見れば、一目瞭然である。

「市役所の窓口にいる〇〇って女性がムカつくって。伏せ字になっているけれど、『公務員のくせに上司と同僚相手に男漁《あさ》りして職務怠慢の不細工女が市役所にいます』とも書いてあるのよ」

「写真……うしろ姿だけど、これって私だよね」

呆然と翠が呟き、乙葉も顔を曇らせた。

「これはこの間翠が着ていた服だよね？　しかもうしろ姿で髪形も映ってるでしょ」

「うしろ姿ってことは……」

その事実に、翠は信じられないという顔で乙葉を見る。同じことを、乙葉も気づいていた。窓口に向かう翠を背後から写したのであれば、どう考えても窓口の中、市民生活課のフロアのどこかから写したのは明らかだった。

「つまりこちら側から撮られてるってこと。ひっどいわよね！　これ、訴えたら勝てるレベルよ！　顔が見えてなくたって、よくよく見たらわかるじゃない！」

「酷い……」

翠は同じ課の同僚たちと、トラブルになったことなど一度もなかった。みんないい人たちだと思っていた。それなのに、思い切り裏切られた気分になった。

問題は、誰がこんなことをしたのかだ。

このSNSはアプリさえ入れていれば誰でも見ることができる。他の同僚たちが気づいたら、あっと言う間に課全体に広まるだろう。もしかしたら、既に見つけている人がいるかもしれない。

思考が働かなくなった翠に代わって、乙葉が行動を起こそうとした。

「警察！　警察に訴えよう！」

今にも電話をかけそうになっている乙葉を、翠は正気に返って慌てて止める。

「ま、待って、財部さん。まずは、上司に相談しないと。ホウレンソウ、ね。報告、連絡、相談」

「小田課長に？　優しすぎて優柔不断だから、こういうことには強く出られないんじゃない？　自分の立場を守るために、翠を切り捨てるようなことをしかねないよ」

そんなことはないはずだった。

小田は確かに優しいけれど、有能で仕事に関して妥協はしない。同時に、部下に対しても公平で、指導をすべき場合は指導を、擁護すべき場合は相手が誰であれ間に入って擁護してくれるような、尊敬できる上司だった。

翠は、乙葉と共に小田の元に足を向けようとしたが、乙葉から小会議室にいてと言われ、小田が連れられてくるまでひとりでぽつんと待つ。

どうしてこんなことになったのか、翠はいくら考えてもわからなかった。本来ならば、疑わしいのは瀬野尾だ。二股だのなんだのと、翠に執拗に絡んできたのは彼女なのだから。

だが、パスポートセンターで働いている瀬野尾が、市民生活課の中に入ってくることは滅多にない。たまたま用があって来たとして、そこで携帯を翠に向けて写真を撮ったなら、さぞ目立ったことだろう。しかし、そんなことがあったとは聞いていないし、翠はあの一件以来瀬野尾を見かけていなかった。

やがて、乙葉が小田を連れて小会議室にやってきた。

「話というのはどういうことでしょうか」

まだ小田は携帯を見せられていないようだった。ほかの人の目がある場所で話題にしなかった乙葉は賢いと、翠は感心した。

乙葉は、自分の携帯を小田に渡す。

写真を見た小田は目を丸くし、そこに書かれている文章を読む。

謂《いわ》れのない中傷だとしても、自分のことを悪く書かれている文章を読まれるのは、翠にとって愉快なことではない。

やがて、顔を上げた小田は表情をわかりやすく曇らせている。

「酷いですね。言いがかりも甚《はなは》だしい」

市民生活課の課長である小田にしてみれば、自分の責任下にあるテリトリーを荒らされたも同然なのだ。そして、写真に写っているのが翠であるということにも気づいていた。

大丈夫ですかと声をかけられ、翠は小さく頷く。

大丈夫なわけがない。でも、それを正直に言いたくはなかった。

「ねえ！　課長！　これって、被害届出せますよね？」

何事にも高い女子力を発揮する乙葉が、小田の腕に縋りつくようにして訴える。どちらかというと、こういう姿のほうが誤解されるのではないかと思われるが、小田は気にしていない様子だった。

「なにぶん、役所内のことだから、僕の一存では決められないけれど、上に相談して早急に手を打ちます。財部さん、画像を残しておいてください」

「もちろんです！　さすが課長、話がわかる！」

ついさっきまで小田のことを優柔不断なんじゃないかとか、翠のことを切り捨てるんじゃないかとか言っていた乙葉は、わかりやすく小田を褒め讃えた。その変わり身の早さに、翠は感心する。

「それにしても……笛木さんが、二股だのなんだの……同じ職場内でなんて、まったく酷い中傷ですね」

もう一度携帯に視線を送り、小田は不愉快そうに吐き捨てた。

「しかも課長。その二股のひとりは、課長ですよ」

わかってます？　と乙葉に言われ、小田は驚いたように翠のほうを見た。

「えっ？　僕ですか？　そうなんですか、笛木さん」

そうなのかどうか、翠だってわからなかった。でも、上司なのだから小田と考えるのが妥当だろう。

瀬野尾に責められたときも、小田の名前が出てきたし、今回直接名指しはされていなくても小田で間違いない。

「あり得ませんが、そうらしいです……」

「ええ、本当にあり得ませんね。事実無根です。僕と笛木さんが、そういう関係だなんてことは一切ありません」

「私もそう言ったんですが……」

瀬野尾に言った。乙葉にも言った。どれほど正直に訴えても、受け取る側が信じなければどうしようもない。

これを書き込んだ人物のアカウントは、『白百合かのん@正義の公務員』となっていた。翠の釈明も聞かず、勝手に思い込んで投稿したのだろう。

正義の味方と名乗るからには、自分の主張はすべて正しくて、やり玉に挙げられている人間は絶対に悪いとでも言いたいのだろうか。

「もうひとりの男性は、誰なんですか」

小田は、乙葉に尋ねた。

そんなことも知らないんですか、と言わんばかりの視線を、小田に送って乙葉が答える。

「佐野さんですよ、課長！」

「あー……」

「あーってなんですか、課長」

本当に、あーってどういうことだろうと翠が思っていると、小田が翠のほうを向いた。

「笛木さん、佐野くんとは付き合っていないんですね？」

課長までそれを言うのかと翠はむっとしたが、上司としては確認せざるを得ないのだろうと自分の気持ちを抑える。

（これ、佐野さんにもいい迷惑よねえ。私なんかの二股疑惑の対象になってしまうなんて、とんだ災難）

「付き合っていません。話すのは職場内だけですし、先日の飲み会は大勢で行きましたから、ふたりきりで会ったこともなければ、メールでやり取りしたことさえないです」

事実なので、翠はすらすらと答えた。佐野にも聞いてみてほしいとも言う。きっぱりとした翠の態度に、小田も頷いた。

「わかりました。これは、笛木さん個人の名誉を棄損するだけでなく、市役所全体の不名誉にもなりかねません。厳しく対処します。ですから、財部さんも笛木さんも、まだしばらくは口外しないでおいてください」

「はい！　課長、よろしくお願いします！　翠……いえ、笛木さんはこんな目に遭わせられるようなことは一切していないんですよ！　一緒に四年間働いてきて、私にはよーくわかっているんです！」

「財部さん……ありがとう」

「五年間まったく色恋沙汰がなくて、初めて立てられた噂がこれじゃあ、本当に可哀想すぎる……！」

ちょっと待って、そこは関係なくない？　と言いたかったが、乙葉が本当に悔しそうにしているので、決して悪気があって言っているのではないことはわかった。だから、あえて反論はしない。

（財部さん、モテるだろうから、私が彼氏いない歴イコール実年齢なんて想像もできないんだろうなあ。余計なお世話だけど）

そんな翠の気持ちは、小田にも伝わったらしく、さりげなく咳ばらいをして乙葉の訴えを遮った。

「こほん。では、ひとりひとり順に事情を聞きましょう。最初は笛木さんから。財部さん、佐野くんを呼んで、すぐ戻ってきてください。私と彼女がふたりきりになるのはあまりよくないでしょうし。笛木さんのあとは財部さん、それから佐野くんにも話を聞きます」

「わかりました！」

これぞ使命とでもいうような勢いで、乙葉は小会議室から飛び出していった。

あの様子では、逆に周囲から何事かと思われるに違いない。乙葉に佐野を呼びに行かせたのはまずかったかもしれないと、翠も小田も複雑な表情で互いに視線を交わした。

「嫌なことに巻き込まれましたね」

ふたりだけになり、静まり返った小会議室で、小田と翠はようやく椅子に座った。

小田の言う「嫌なこと」も「巻き込まれた」のも本当にそのとおりだと、翠はようやく強く大きく頷いた。

「僕と笛木さんは、同好の士というだけなのにねえ」

ふたりの間には、常に小説がある。たかが小説、されど小説。ふたりは小説を介して繋がる関係を飛び越える気はまったくなく、好きなものについて語り合うだけで満足しているのだった。

でも、瀬野尾が言っていた「アイコンタクト」ならば覚えがあったので、それを指摘されると、誤解される要素がまったくなかったとは言えないと、翠はようやく思いが至り、少し反省した。

「それから、私の執筆活動を助けてもらってます」

ふたりがアイコンタクトを交わすのは、『ご相談があるのですが』『今日、連絡してもいいですか』という場合がほとんどだった。しかも、翠の執筆活動に関する連絡。公務中に私的なことでのアイコンタクトなど御法度と言われればそれまでだが、おおっぴらにしたことはないし、それで仕事を疎かにしたこともなかった。

「僕も話を聞いてもらっているから、それくらいのお返しをしないと。それで、今のところ、執筆はどう？」

「え!?　今それ聞きます？　中傷の書き込みの件は？」

「君の話はもう聞いたし、あとは財部さんが少し話し足りないみたいだったからすっきりするまで聞いて、佐野くんにも確認する。そうしないと、僕も上に説明できないから」

現時点では、犯人捜しは無理だからしない、と小田は言う。匿名のアカウントなので、市民生活課の誰が犯人だなどと、指摘することもできない。

乙葉が佐野を呼んでくるまで、ふたりは雑談のように翠の小説について話した。

もしかしたら、そうやって小田は翠の気を紛らわせようとしてくれたのかもしれないが、当然今の翠にはそこまで考えるゆとりはなかった。それでも、自分の作品のことは語れる。

「前回書いたものは、サイトでそこそこの評価をいくつかいただきました。なので、今回はファンタジーもので恋愛要素を入れようかと思っています」

前回は、小説投稿サイトと出版社がコラボしたコンテストで、ジャンルは恋愛もの、しかも青春爽やか系ではなく、どろどろの人間関係という、なかなかエグい設定条件がついていた。

サイト内の応募なので、公開と同時に翠は応募した。不定期ながらもサイトで更新し続けている翠の小説は、読んでくれる人も一定数いる。

「今回は恋愛ものなんですね、珍しい」というコメントに始まり、「主人公より脇役の上司に惚れました」という感想ももらった。

その上司の名倉崎と会話を交わしたのは夢か現《うつつ》かはよくわからない。でも、あのときの会話があったからこそ、いつもより生き生きとしたキャラクターを描くことができたのかもしれないと、翠はその感想に嬉しくなった。

募集は締め切られているが、賞の発表はまだ先である。

「恋愛ものに目覚めましたか」

好印象の手ごたえを感じている翠に、小田も嬉しそうに口元を緩めた。

「目覚めたというほどでもないんですけど、なんか今書いておかないと、感覚を忘れそうで」

これまで避けていたジャンルなだけに、勢いに乗って少しでも多く書いて、苦手意識を克服したいと翠は思っていた。

「その小説を出すコンテストがあるんですか？」

「はい。異世界ファンタジーもので」

それを聞いて、小田がほう、と小さな声を漏らした。

「流行っていますね」

「そうなんです。今回も、ベタな設定にしてみようかと。ようするに、昔からあるＲＰＧゲームのような。奇抜な設定よりわかりやすいと思うんですよね」

人間対魔物、勇者対魔王。

登場人物がパーティーを組んで旅をし、冒険をする。魔物を退治したり旅の先々で依頼される案件を引き受けたりして収入が得られるので、旅を続けられる。

最近は転生ものも流行っているけれど、翠はあえて転生の設定ははずし、もっと単純な物語にしたいと思っていた。

彼女がいつも目指すのは、単純明快であること。伏線が多く、中盤まで謎だらけというようなストーリー展開は好みではない。そのせいで悩むことも多かった。ストーリーを単純にしすぎると、魅力的な登場人物のキャラクターを作り上げるのにずいぶん苦労することになる。

今回も翠は、それで悩んでいた。

「ストーリーをわかりやすくするのは、僕も賛成です。それで、主人公は？」

やはり聞かれたかと、翠は苦笑した。

「勇者だとありきたりだし、魔王もよく使われてますし、どういうキャラクターにするか迷っているところです」

単純なストーリーが好きなのだから、どんなにありきたりでもいっそのこと主人公は勇者でいいかもしれないとも思ったのだが、そもそもその勇者という設定がしっくりこない。主人公は女性ということだけは翠の中で決まっている。そのヒロインが剣を手に魔王と対峙し激闘を繰り広げるシーンに至るまでの厳しい道のりを、上手く作り上げられないのだ。

それを聞いて、小田が提案する。

「うーん……だったら、女性の賢者はどうですか？」

「賢者……ですか」

賢者というと、魔法を使うことができ、僧侶や神官のスキルも極めているマルチな才能の持ち主で、頭がよく頼りになるというイメージだ。物静かで達観したところのある存在で、少女が簡単に目指せるようなものではない。

そうなってくると、年齢設定は二十代……ではまだ修行中の可能性があるから、三十代くらいだろうかと、翠は想像してみた。

小田は小田で、自分のアイディアに興奮してきたらしく、普段より早口で説明し始めた。

「才色兼備、知識と魔力は勇者を凌《しの》ぎ、自分の身を守るために武術も身につけているというスーパーヒロインがいいのではないでしょうか」

スーパーヒロイン。なんでもこなせる強い女性。おそらく、チート級の強さだろう。

そんな男勝りの強さを持つヒロインは、翠も本来は嫌いではなかった。

ただ、小田の興奮具合がやけに気になる。

「それ、課長の……」

「はい？」

「いえ……」

強い女性、しかも支配的な女王様然としたキャラクターに、この課長はのめり込んで疑似恋愛の妄想までする。いわゆる二次元オタクだ。現実の女性に興味が一切持てないほど重度の。それは、もろに課長の趣味どんぴしゃの女性像ですよね、などとは口にできなかった。

ヒロインを小田の趣味を反映させた女性にすることに、翠はなんとなく二の足を踏む。そういう女性をヒロインにしてしまうと、翠の作品に批評以上の口出しをされるのではないかと思ってしまうのだ。

小田は、彼の妄想を聞く代わりに、翠の執筆した小説をネット上に公開したりコンテストに出したりする前に読んでもらって感想や批評をもらう分にはありがたい存在だ。しかし、作品を小田の妄想のネタに使われるのかと思うと、相談しにくくなってしまう。

そんな翠の危惧をよそに、小田は自分の中のキャラクター像を嬉々として語った。

「パーティーの誰もが憧れ、頼りにするようなヒロインです。そうなると、彼氏候補の男性キャラクターはなにかひとつ秀でた能力があって彼女の目に留まるところがないと、単なる仲間で終わってしまいますね。駆け出しの戦士。でもすごい才能を秘めていて、いずれ勇者の相棒になりそうな若者というのは、相手としてどうですか。剣技だけでなく知識も必要だからと彼女が自ら教えることになって、そのうちに……という設定では？　勇者を守って魔王を倒しに行くという目的は一緒ですし、目標を共有できればそれを達成したときにそのままの勢いで結ばれたりしませんか？」

「そんなものでしょうか？」

このアイディアのどの部分を取り入れさせてもらおうかなと翠が考え込んでいると、小会議室のドアがノックされた。小田が入室の許可を口にすると、ドアが開いて乙葉と佐野が入ってきた。

小田が、さっと上司の顔に戻る。

「笛木さん、ありがとうございました。次は財部さんと佐野さんから話を聞きたいと思います。あなたは先に戻りますか。ここに残って、話を聞いていてもいいですが、あくまでも彼らの言い分を聞く時間ですから、自分に不利な内容が出ても口を挟まないでくださいね」

「ここにいさせてください」

ひとりで戻るなんて、考えたくもなかった。あんな中傷文と共に翠の写真をＳＮＳに載せた犯人が、課の中にいるのだ。そんなところにひとりでいたくない。

大好きな職場でこんな事件に巻き込まれたことが、翠は悔しいだけでなく悲しかった。

なんの説明も受けずに会議室に連れてこられた佐野は、乙葉が小田に懇々と訴えるのを翠の横に座って聞いていた。

乙葉の言葉の端々からなぜここに呼ばれたのかを理解した佐野の表情が強張る。腿の上で握りしめられた拳に、力が入った。それを横で感じた翠は、佐野に申し訳ないと背を丸めて小さくなる。

乙葉の話が終わり、小田から「今、財部さんに話していたのを聞いていたと思うが、これなんだ」と携帯の画面で中傷文と写真を見せられた佐野は、さらに表情を険しくした。

「こんなことは事実無根であり、自分は笛木さんとは一切お付き合いをしていません」と言い切る佐野。

（そうだよね、飲みに行ったり体調を心配したりしてくれたことを付き合ってるとか言われたら、職場で誰ともコミュニケーションを取れなくなっちゃう）

聞き取りを終えた小田は、上に報告してくると言い、三人に口止めを言い渡して先に部屋を出た。

そして、三人揃って小会議室を出たところで、翠は佐野に頭を下げた。

「佐野さん、ご迷惑を」

「いや、笛木さんは全然悪くない！　というか、こんな陰湿なことをする奴が、俺は大嫌いだ！」

翠は、自分だってさぞかし嫌な思いをしているはずなのに、佐野が本気で相手に対して怒ってくれているのを知って、なんて心の真っ直ぐな人なんだろうと頼もしく感じた。

「さ、佐野さん」

「そうですよね、佐野さん！　このままじゃ翠が可哀想すぎます！」

「たきつけないで、財部さん〜」

佐野の言葉に、我が意を得たりとばかりに便乗する乙葉。翠は、慰めてもらう立場から一転、ふたりを宥《なだ》める立場になった。

「課長は、しばらく内密にと言っていたじゃありませんか」

それを指摘すると、佐野も乙葉も口を噤《つぐ》んだ。でも、不満な様子は変わらない。これ、私が一番怒るべきことなのにと、翠はなんだか変な気分になった。

課に戻って午後の仕事に就くも、翠は周囲の目が気になって仕事がなかなかはかどらない。窓口業務以外にも、仕事はいくらでもある。回覧しなければならない文書を誰かに持っていくだけでも、相手が犯人だったら……、犯人でなくてもあのSNSを読んで自分のことを誤解していたら……と考えるだけで辛かった。

閉庁時間となり、利用者がひとりもいなくなった頃には、翠はくたくたに疲れ切っていた。誰かの目を気にしながら仕事をすると、大いに疲弊するものだ。

やがて定時を過ぎ、帰り支度を始める同僚もいる中、突然佐野が大声を張り上げた。

「みんな、聞いてくれ！　俺はこの市民生活課が大好きだ。こんなスポーツバカの俺でも、一人前に扱われ、助けてもらいながら成長できたと思う」

急に始まった演説に、誰もが佐野に視線を向けた。翠もそのひとりで、びっくりして自分の席から佐野を見つめる。

「キャー！　かっこいい！　佐野さん！」

そんな佐野に、声援を送る乙葉のほうがむしろ佐野との仲を疑われてしかるべきなのに、なぜ自分なのだろうと、翠はつくづくあの根拠のない中傷文の一方的な悪意にうんざりした。

佐野の演説は、市民生活課への感謝や同僚への好意の表明だったので、周囲は「よく言った！」「かっこいいぞ！」などと、乙葉の声援に乗せられたように囃《はや》し立てる。

自分に注目が集まったところで、佐野は課全体に突然爆弾を落とした。

「なのに、この中に卑怯にもＳＮＳに同僚のありもしない中傷と写真を載せた奴がいる！　俺はそいつを絶対に許さない！　今頃アカウントを消しても無駄だからな！　課長が既に上に話を通しているし、被害届も出せるんだぞ！　犯人は、自分から傷つけた相手に申し出ろよ！　俺、こういうの、本当に許せないんだ！」

口止めされたのに――！

翠は、慌てて佐野と乙葉と小田に視線を走らせた。佐野は、犯人に対し容赦なく怒りをぶちまける。乙葉は、そんな佐野を止めるどころかもっと言えと煽る。

課全体がざわめいて、佐野はいったいなにを言っているんだとみなが囁き合った。思ったほどあの中傷文が拡散してはいないということがわかり、翠は少しだけ安心する。

「佐野くん。そこまで」

さらに佐野が言葉を続けようとしたところで、小田が立ち上がって制止した。

「課長！」

佐野に、わかっていると言うように小田が頷き、昼間翠と乙葉から持ち込まれた中傷文についてみんなに簡潔に説明した。

写真まで載っていること、市役所内から撮影されたものであるらしいことがわかっていることなどを聞くと、同僚たちは「マジか」「常識ないな、そんなことをした奴」「犯罪じゃない⁉」と口々に嫌悪感を露わにする。

ただ、その中に「どんな文だ」「どのSNSなら見れるんだ」という声も聞こえてきて、好奇心を刺激してしまったこともわかった。翠は、自分の顔色が変わるのを感じる。

「佐野くんの言い分はもっともだが、こんなことをしでかしたのは必ずしもこの課の人間とは限らない。それと、みんな面白半分で検索し閲覧してコメントしないこと」

小田は、はっきりと自分の部下たちに釘を刺した。

「はっきり言ってこれは、市役所自体のイメージダウンにつながりかねない案件だ。下手な好奇心でコメントなどしたら、それだって加害者と同じことになる可能性がある。中傷された同僚のことも考えてほしい。僕は、犯人がこの課の人間ではないと信じたいが、そのためにも慎重な行動を頼む。ちなみにこの件は上に報告済みで、被害届を出すことも検討している」

警察への被害届と聞き、今まさに検索しようと携帯を手にしていた同僚たちの手が止まる。

小田は気をつけて帰宅するよう全員に言い渡したあと、佐野を呼び、先走って全部ばらしてしまったことを、厳しく叱責した。

「あんなに怒ることないのに。佐野さんの演説がなかったら、もみ消されてたかもしれないじゃない」

乙葉は、すっかり佐野の信奉者のようになり、注意をする小田への文句を口にした。

「だいたい、役所も会社と同じようなもので、不祥事があればその責任を誰かに押し付けたがるものなのよ。この場合、犯人よりも翠を異動させちゃったほうが手っ取り早いって思われるだろうしね」

「異動⁉　そんな……」

被害者の翠のほうが異動とは、おかしな話である。しかし、乙葉の主張は説得力があった。

「とにかく戦うわよ、翠！　翠がいなくなったら、私は寂しいし悲しい。同期の友達じゃない」

「う、うん……ありがとう、財部さん」

「翠に彼氏ができて私がそれを確認するまで、翠にはここにいてもらわないと」

その考えはどうなの？　と心の中でツッコミながらも、味方がいることに翠は深く安堵した。


その日、帰宅した翠は、夕食も取らずに風呂に湯を溜めて入り、いつもより早くベッドに入った。それほど疲れ切っていたのだ。

「どうしてこうなっちゃったかな……まるで、この間書いた作品の三角関係の祟りみたい……」

そんなことはあり得ないのに、翠はベッドの中でも嫌な気分を引きずっていた。自分の作品のせいになどしたくないが、ついそう考えてしまう。それがさらに心の傷を大きくしているような気がした。

固く瞑った瞼から、涙が溢れて流れ落ちた。

翌日、市役所に出勤すると、同僚たちがひそひそ話をしている。

もしかしたら、ＳＮＳを見られたのだろうかと翠がびくびくしていると、乙葉が元気よくおはようと声をかけてきた。

「ねえ、聞いた？　あの犯人の〝白百合かのん@正義の公務員〟、アカウント削除して雲隠れしたのよ！　どこまで汚い奴なの！　それじゃまるで〝黒百合@卑怯な公務員〟じゃない！」

翠は、乙葉に言われてようやく自分の携帯でもＳＮＳをチェックした。

乙葉の言ったとおり、翠に対する中傷文はどこにもなく、検索をかけてもなにも出てこない。昨日の佐野の演説と小田の言葉に、自分がしでかしたことの重大さを知り、怖くなって証拠を消したとしか思えなかった。

「いくつか画像は保存しておいたのよね。そいつ、自分の持ち物とか自慢して写真も上げてたから。突き止める目印になるかと思って」

あとで翠にも送ってあげるねと、乙葉は自分の携帯を振ってみせた。乙葉は行動力があるなあと、翠は感心すると同時に羨ましくもなる。

(私の場合、自由に振る舞えるのは自分の作品作りのときだけだなあ)

職場では地味で堅実、仕事はそれなりにできるけれどあまり目立たない。それが自分のキャラクターであることはわかっている。そんな自分に声をかけてくれる乙葉の存在は貴重だった。

昨日の一件は、佐野の演説のおかげでうやむやにされることもなく、翠は市民生活部の部長や総務部からも呼び出されて事情を聞かれた。乙葉も佐野も同様らしかった。

呼ばれるたびに気持ちがささくれて、腹の中にもやもやしたものが生まれたが、やがて日が経つにつれて人の口に噂がのぼることも少なくなり、翠が呼び出されることもなくなった。このまま犯人がわからないのは嫌だったが、「平穏が一番」と翠は少しずつ気持ちを落ち着けていった。

そうなると、なかなか進まなかった執筆にも本腰を入れたくなる。

その週の金曜日の夜、翠は入浴を終えて上下おそろいのクマ柄のルームウェアに眼鏡姿で、机の上にノートを広げた。

スーパーヒロインで賢者という小田に勧められた設定を、翠は使わせてもらうことにした。

（きっと外見も完璧に違いない。美人でスタイルもよくて、賢者のローブで隠しているものの、着替えや激しい戦闘のときにその美ボディーなんかが垣間見えたら超セクシーかも……）

そんな女性は多くの男性にとっては高嶺の花だろうから、ハイスペックな彼氏を用意しないといけないだろう。

釣り合うことは大事だと思う。外見だけではなく、性格や才能も。それから、性癖。強い女性の元に婿に行きたいと願う小田は、きっとそんな女性の足元に跪《ひざまず》きたいんだろうなあと翠は思った。

次にヒロインが仲間を見つけて一緒に冒険する場面のアイディアを書こうとしていると、ふいに玄関のチャイムが鳴らされた。

ぎょっとして、翠はすぐに時間を確認する。二十二時をとうに過ぎ、他人の家を訪問するには不適切な時間だ。翠の自宅を訪問する人は、ほとんどいない。回数が多いのは宅配業者だが、この時間ではそれもないだろう。

「だ、誰？　こんな時間に……」

翠は、壁のモニターの前に立った。五年前に入居したときからあるそれは、型は古く解像度も低かったが、ドアの前にいる人間の姿を確認するには十分だった。

モニターを確認した翠は、そこに誰の姿も見つからないので、真っ青になった。そんなはずはない、確かにピンポーンと鳴った。インターホンの誤作動だろうか――

「い、いない……ピンポンダッシュ？　こんな時間に？　……まさか、れ、れれれ、霊とか？」

ぞわぞわぞわと、寒気が背筋を駆け上る。ふっと頭をよぎるのは、あのSNSの中傷文。

（ま、まさか、書き込みを消さざるを得なくなったから、私にの、のの、呪いをかけたとか……ないよね、そんなこと……）

そこまで強く恨まれる覚えはない。翠は、モニターの画面を消し、そのまましばらく様子を窺ったが、チャイムが再び鳴ることはなかった。

（よ、よかった……やっぱり誤作動）

「まーさーかーぁ」

「きゃあああああ！」

突然背後から話しかけられ、翠は悲鳴を上げた。

飛び跳ねるようにキッチンに逃げ込み、近くにあった鍋を摑む。包丁を出しっぱなしにしていなかったことは残念だったが、なにもないよりましだ。翠はカタカタと震えながら、怖々部屋を振り返った。

するとそこには、自分より年上の女性が、けらけらと笑いながら立っている。絹のような金髪に同じく金の瞳。見覚えのない顔は、彫りが深く日本人離れしていた。浮かぶ表情からは、悪戯っ子のような印象を受ける。

「やぁだ、そんなに驚くことないでしょーう？」

明るく発せられた言葉は、日本語だった。

「だ、だだだ、誰……ど、どこから……っ」

驚かずにはいられない。こんな知り合いはいないのだから。

玄関はキッチンを通らなければ行けないし、ドアはロックしてありチェーンもしっかりかけてある。部屋の窓は閉まっていて、カーテンもしてあった。

では、いったい彼女はどこから――？

「どこって、お母様が産んでくれたんじゃなーい」

陽気なその声の主は、甘ったるいイントネーションをつけて、翠を『お母様』と呼ぶ。母親と言われるのは、翠の人生において彼女が三人目だ。それで彼女が誰であるかわかってしまった。

「お母様って……その恰好、その杖、その装備……ル、ルミリア……？」

「そう。ルミリア・ファリミール。言いにくい名前だから、早々にルミって愛称にしてくれてよかったわぁ」

ローブは、ほどこされた刺繡自体に魔力が込められていて、やたら防御力がありそうだ。手にしている杖の柄の先には、子供のこぶしほどの大きさの宝玉が埋め込まれ、常に淡い光を放っている。両方の手首のブレスレットと数本の指にはまっている指輪には、見たことのない模様のような文字が刻まれている。

それらは、翠がヒロイン用に考えていたものとすべて一致していた。ルミリア・ファリミール、その名と共に。

またもや小説の中からキャラクターが飛び出してきてしまった。しかも、ヒロインぐらいしか設定が決まっていない状態で出てくるというのは、どういうことだろうか。いや、そもそも創作の世界から登場人物が飛び出してくること自体あり得ないのだが、三回目ともなれば翠も「またか」と思うしかなかった。

相手が呪いでも強盗でもなくルミリアだとわかってほっとした翠は、手に摑んでいる鍋を元の場所に戻した。

それにしても、ローブで体中を覆っているというのに、なかなか官能的な雰囲気のある女性賢者である。その装備がなければ、賢者には見えなかっただろう。そもそも自分の設定が盛りすぎだったかもと、翠は反省した。

反省しつつも、こうして目の前に現れた彼女を、設定を修正するからと言って追い返す気にはなれない。

「ルミちゃん……えっと、どうやってここに？」

これまで翠の前に現れた小説のキャラクターは、彼女が頭を打った衝撃で出てきてくれた。だから、てっきり夢なのだと思っていた。しかし、今夜翠はどこもぶつけてなどいない。

翠の問いに、ルミリアが噴き出す。非常に陽気な性格らしかった。

「だーかーらー。こっちの世界に出てくるときに、あらかじめお部屋の外に移動ポイントを設定して、そこの音が出るボタンを押してー、お母様が部屋から出たすきにこっそり入ってきたのよーう」

「ど、どうやって？」

「賢者ですもの、魔法で」

「べ、便利すぎる！」

「私にそういう力を与えてくれたのは、お母様じゃなーい？」

「くっ……チートめ」

チートすぎるだろうかと思いながらも、翠が頭の中でどんどんイメージを膨らませていったルミリアは、もはや不可能はないというくらい高い能力を持った賢者になっていた。そんな万能ぶりを、ここで生かさなくてもいいじゃないと、翠は悔しくなる。

ルミリアは翠をやり込めると、小首を傾げた。その仕草はいかにも自分の可愛さを自覚しているように見える。

「そうそう、そのことで、お母様にご相談したくって出てきたんだけど、お話聞いてもらってもいーい？」

「いいけれど……なんか、賢者ってもっと堅苦しい真面目なイメージじゃない。勉強も修行もたくさんして、試練を乗り越えることによってスキルを身につけ、選ばれた者しかなれないっていう」

ほかのキャラクターと違って、賢者はいくつかの能力を極めなければなれない設定だと思っていた。猛勉強に猛修行。幾多の試練を乗り越えて賢者になったはずのルミリアから、それ相応の威厳を感じないのはどういうわけか。

「だーかーらー、私は無敵でなぁんでもできちゃうんでしょーう？」

「それが、なんでそんなべたした口調……」

「そーれーはー、賢者になんてなりたくないからでーす」

「はあっ？」

賢者になんてなりたくない――

いきなりヒロインのルミリアに、設定を真っ向から否定された。そのショックで、翠は間が抜けた声を出してしまった。なにが不満なのだろう。

綺麗で頭もよくて強い魔力も持っていて、膨大な知識があるから人々に頼りにされて。代われるものなら、翠が代わりたいくらいである。

「ね、ねえねえ、どうして？　どこが不満？」

「わからないのーう？」

拗《す》ねたような口調も、男性からすれば可愛らしく思えるのだろう。最強の設定のひとつである賢者のヒロインが、こんなに可愛らしい仕草をする。それもまたギャップ萌えなのかもしれない。

設定では三十代のはずなのに、とてもそうは見えないところがすごい。

「だって、だって、そこら辺の人間どころか魔物も敵わないのよ。魔法は使いたい放題、尊敬されて頼りにされて。うん、そう！　恋愛も用意してあるんだから！」

予定では、戦士が彼氏になるはずだ。もしかして、それが不満なのだろうかと、翠は心配になってきた。

（戦士が賢者に相応しい相手じゃないとか？）

恋愛の話になった途端、ルミリアは居住まいを正し、ビシッと人差し指を立てて翠を指さした。

「そこよぅ、お母様、そこなのよーう」

「え？」

「あーのーねー、私、何歳に見えるぅ？」

「え……三十代？」

まったく三十代に見えない三十代。美魔女という言葉がぴったりの、妖艶さの中に可憐さも覗かせるルミリア。

それもまた翠が決めたことながら、どこまでヒロインを美化したんだろうと、自分のキャラクター設定に内心呆れた。ルミリアに罪はない。生み出したのは翠自身だ。

三十代と言われ、ルミリアはそう！　と力強く相槌を打った。

「あっという間に三十代なのよーう！　賢者になるための修行で、若い花の時期を無駄にしてしまって、後悔しかないわぁ！　あー、やだやだ！　私の十代と二十代を返して！」

返せと言われても、どうすればいいのか。年齢設定を、二十代にしろとでも言うのだろうか。あまり若くすると、賢者という設定には不釣合いだろう。なので翠は、ほかの方法を考えることにする。

ルミリアの願いが若さだとしたら……

「え、えっと、賢者様なんだから、若いまま歳を止める魔法を使うとか？」

そうすれば、ルミリアの外見も三十代ではなく十代後半や二十代前半でいいのではないか。そう主張してみるも、ルミリアは不服そうにつーんと顎を反らした。

「時間に干渉するような超高度な魔法を、若いうちに修得なんかできないもーん」

一理ある。若いうちは賢者になれない。もっと修行を積んでからと決めたのは翠だ。

別の方法を考えて提案するしかない。

「じゃあ、若返ればいい！」

「あーのーねー。そもそも、魔法をそんな個人的なことに使ってはいけないと思うのよ。賢者の修行に入るにあたり、私利私欲で魔法を使うのって制限されるんじゃなーい？なんでもかんでも魔法を使っていたら、魔女だとか言われて迫害されそうだしぃ。それと、たとえ若返ったところで年齢は詐称《さしょう》できないもーん。魔法が切れて、仲間の前で急にお婆ちゃんに戻っちゃったらどうしてくれるのよーう」

魔法が解ける。ルミリアから指摘されて、そういうこともあるよねと、頷いてしまった。

若返りの薬というのはよくある。ただ、それが未来永劫《えいごう》効力を発揮し続けるというのは、あまりに都合がよすぎるというもの。飲み続けるには高価な材料を揃えなければならず、効力が失われれば薬で抑えていた分の年齢が一気に戻ってくる。そんな薬はあまりにハイリスクだ。

そのときふと、翠はルミリアの発言に引っかかる点があることに気づいた。

「ルミちゃん、魔女に対して偏見があるような気がするんだけど、気のせい？」

「魔女と言っても、いい魔女もいるってことよねーえ？　わかっていますとも。白魔法を使う白魔女と、黒魔法を使う黒魔女。黒魔法だって悪いことばかりじゃなくって、仲間にすれば攻撃魔法や敵のステータスに異常を起こさせる魔法くらい使ってくれるでしょうから、頼もしいわよねーえ。でも、その違いもわからない頭の悪い一般村人アンド町人に誤解されて、なにもしていないのに悪く言われるのは嫌ぁよ」

ルミリアの言葉に、翠はドキッとした。

なにもしていないのに、誤解されて悪く言われる――まさに今、知らない相手から中傷され攻撃されている翠自身のことだ。

「そ、それはそうね……ありもしないことを言われる辛さはさ、私もわかるから……」

あの携帯の画面を見た瞬間の胸の痛みを思い出し、翠は自分の胸を抑えて俯いた。その翠の手に、ルミリアが自分のそれを優しく重ねる。

「お母様も苦しんでるんでしょーう？　なんとなくわかるの。だって私、お母様から生まれたわけだしー。私を産むときに、お母様の中にもやもやした気持ちがあったみたいだしぃ」

これには、翠も驚いて顔を上げた。自分の中のもやもやして落ち着かない気持ち。そこからルミリアは生まれてしまったのだろうか。そうでなくてもなぜかルミリアには、翠の怒りや悲しみ、悔しさが伝わっているような気がする。

「わ、私の気持ちも伝わるの？」

「伝わるのよーう。だーかーらー、お母様、私を転職させてちょうだーい」

せっかく思いついた強い女賢者のキャラクターだ。翠は簡単に首を縦に振れない。

「て、転職なんて言っても、賢者はどちらかというと職業じゃなくて能力だし。第一、なにになりたいの？　苦労して賢者の地位に上りつめておきながら、あっさりそれを捨ててなりたい職業って？」

賢者以上のものであれば、やはり勇者だろうか。それなら設定できないこともない。

翠はルミリアの横を通り抜け、部屋に戻ると、プロットやネタを書き留めているノートを広げた。

なりたい職業を言えばここに書いてあげると翠が言うと、ルミリアはにっこりと笑った。

「お・ど・り・こ。うふふ」

「はい？」

翠は、思わず聞き返した。賢者以上の職業に、そんなものがあっただろうか。

お・ど・り・こ、おどりこ、オドリコ、踊り……。

「もーう、お母様、耳が悪くなるお歳じゃないでしょーう？　踊り子にならせてぇ」

「えええええ！　待って待って待って！　魔女とか僧侶とかそういうものじゃないの？　なんで踊り子？　賢者と全然繋がらなーい！」

やはり聞き間違いではなかった。ルミリアは、踊り子と言っていたのだ。

「どうして賢者なんかになりたがらないといけないのよーう」

翠が混乱していると、ルミリアは唇を尖らせて不満をあらわにした。

高度な大魔法を使っても尽きないくらい無尽蔵の魔力を持っているって設定だから、魔法が使い放題。それで魔法使いのスキルも僧侶のスキルもあっさりクリアして賢者になったことにしようと思っていた。

それなのに踊り子では、そのメリットが発揮されない。もったいないと言う翠に、ルミリアはうふふと笑った。

「魔力を持ってる踊り子、いいじゃなーい？　踊りと魔法の融合！　ああん、素敵ぃ！　それと、こんな重くてだっさいローブと、相手を殴るときはいいけれど持ち歩くには邪魔で邪魔でしょうがない杖ともお別れしたいのよーう。衣装はね、宝石とビーズをたくさんつけてねぇ！」

そう言いながらルミリアは、自分の体を覆っているローブを脱ぎ捨てた。鎧のようにがしゃんと音を立てて床に落ちたローブは、純粋な布製ではなかったようだ。

次に杖も床に放り投げる。ゴトンという鈍い音がして、翠は床に傷がついたのではないかと焦る。

ローブを脱いだルミリアは、驚くほど軽装になっていた。非常に簡素なドレス姿で、それはそれで動きやすそうだが、防御力は皆無だろう。

その恰好で、ルミリアはくるくると回って見せた。軽快な動きとステップに、踊り子も似合うかもと思い始めた翠は、いけない、いけないと自分を戒めるように頭を振った。

「いやいやいや！　待って！　ルミちゃん、ちょっと落ち着こう！」

「落ち着かないといけないのは、お母様のほうよぅ」

ルミリアならば、最初から落ち着いている。あたふたしているのは、翠のほうだ。

これから、一度は賢者にと決めた賢い子を説得しなければならない。そんな子を生み出したものの自分の頭のできは決して自慢できるものではなく、翠は自分が非常に不利な立場にいると思った。

それでも、一度決めた設定なのだから説得するしかない。

「あのね、賢者って誰もがなれるわけじゃないし、そのチートな力は勇者を助けて……いっそのこと、あなたが賢者から勇者に変わっちゃえばいいんだ！　魔法が使えて、あとは勇者の剣も使えたら、無敵だもん！」

「あーのーねー、さっきの私の話、聞いてたかしらぁ？　貴重な時間をこれ以上修行に使いたくなーい！　彼氏だって作りたーい！」

「じゃあ、若くして才能が開花した大天才ってことに」

「なに、それ」

「少女のうちに、すべての知識を身につけた選ばれし賢者様」

不公平にもほどがあるが、もうそんな設定はあり得ないなどとは言っていられなかった。翠が賢者に拘《こだわ》って設定がぶれ始めたのを見て、ルミリアが深く重いため息をつく。

「あのねえ、お母様」

「は、はい？」

ルミリアの口調が急に変わって、翠は思わず背筋を伸ばす。これが賢者の力か、などと思いながら。

「そんなんで、人生楽しいわけぇ？」

「え……」

「なんでもかんでも思いどおり。若さも男も外見もお金も才能もすべて手に入れて？　いやーん、そんなのつまらなすぎー！」

冗談じゃないとばかりに、ルミリアは手も頭も振った。

翠には、それが贅沢な悩みにしか聞こえなかった。

「そ、そういうものなの？　なんでもできるのよ？」

苦労しなくて済むんだから、最高じゃないの？　と言う翠に、ルミリアはわかってないなあと肩を竦《すく》めた。

「なんでもわかってなんでもできたら、私、冒険に出ないわよ。わからないことがあって謎を解きたいから冒険もするし、ひとりでできないことがあるから仲間と一緒に行動する。そうじゃなーい？」

「……い、言われてみれば……」

冒険には、ワクワク感が必要。なんでもわかってお見通しなんて設定にしてしまったら、〝冒険〟は途端につまらない〝外出〟になってしまう。ルミリアの理屈に、翠も納得する。

それに気をよくしたルミリアが、畳みかけるように自分の考えを披露していく。

「でしょー？　その設定でいくとぉ、別に賢者じゃなくても仲間と冒険できるしぃ、無駄に年齢重ねなくてもいいしぃ。踊り子がいいのよーう」

「そ、そういう考え方もあるのかー……」

「それにね、踊り子は旅をしながら路上や酒場で踊りを披露して、いろいろな人から情報を引き出すこともできるじゃなーい？　賢者なんて堅苦しい肩書を持つ女に、だぁれが本当のことを話すものですか。おべっかなんか使われたくないもーん。外見や踊りを褒めてもらうほうが気持ちいーーい！」

ルミリアの言葉は、翠の気持ちを動かした。

頼りにされて相談もされる。でも誰も親しく心の内を話してくれない。みな自分に必要な知識だけを求めてやってくる。そんな毎日が続いたらさぞうんざりすることだろう。

踊り子になりたーいと言いながら、つま先立ちしてまたもくるくる回るルミリアは、そんなガチガチの立場から解放され、自由気ままに生きていけるのかもしれない。

おかしい、確かに賢者にしようと思ったのに、こっちのほうが魅力的に感じられてきた。どういうことだろうと、翠は目の前の金髪の女性を見つめた。

「……どうしてこんなキャラになっちゃったかなあ」

　思わず翠が呟く。

「失礼ねぇ。お母様こそ、賢者に拘りすぎぃ」

「それは、アイディアをもらったから……」

「アイディアはアイディア。それを形にするのは、お母様でしょーう？　私が生きる世界においては、お母様が神様なのよぅ」

「わ、私が神様？」

　意外な発言に、翠は思わず聞き返した。

「すべてを決めるのはお母様でしょーう？　私のキャラクターが気に入らなくってお母様が登場させるのを止めようって思ったら、私はこの世からいなくなっちゃうのよーう。勇者も魔王も戦士も賢者も王様もお姫様も、全部お母様の思いどおり。お母様こそが、この世界のチートな存在なのよーう」

　作者である自分が、小説の中の登場人物たちにとってはなによりもチートで神的存在。それは、一瞬翠の中に万能感や優越感を生み出したが、すぐに別の感情に変わった。

「そ、そっか……そうだよね。でも！　でも、安心して！　私、あなたを消したいとか思わないから！　むしろ出てきてくれてありがとう！　これまでも私の目の前に現れてくれたキャラクターはいたし、いろいろ設定に文句を言われたりしたけれど、誰も消さなかった！　それは自慢できる！」

創造神の力は、生み出されたものを守るために使うべきだ。作者以外にはどうすることもできない登場人物たちのために。

この子たちを守りたい。自分が生み出したキャラクターたちを大切にしたい。たとえコンテストで落選しても、ひとりでも多くの人の目に触れてもらいたい。

「だーかーらー、私もお母様に会いにくる勇気が持てたのよーう。ね、お母様。私を賢者じゃなくって踊り子にして。絶対にお母様を困らせたりしないからぁ」

ずるいと思いながらも、頼られて悪い気はしない。翠は、しょうがないなーと観念した。

「じゃ、じゃあ……ちょっと考えてみる」

「うふ！　ありがとう、お母様ぁ！」

翠の言葉を聞いて、ルミリアが思い切り抱き付いてきた。とんでもない圧力でぎゅうぎゅう抱きしめてくる自分の想像から生まれたヒロインに、翠はじたばたと手を振り回して抵抗した。

骨折するのが早いか窒息するのが早いか。そう思っていると、柔らかくて丸みのあるものが自分の体に押し付けられていることに気づき、翠は真っ赤になった。

「ひゃあ！　く、苦しい！　ってか、当たってる！　すごく大きいのが！　当たってる！」

「うふふー、でしょー？　だから踊り子になって披露しないと、損なのよーう」

(損てなにソレ、羨ましすぎる――――！)

翠はどうにかルミリアの腕を振りほどき、その胸元をじっと見つめた。

外見もパーフェクトな女性にしようとは思ったけれど、まさかこんなところまで立派になるとはと、なんだか負けた気分になった。

自分の想像でルミリアはできている。だったら想像で自分の胸もなんとかならないものかなと考え、その発想のあまりの空しさに翠は切なくなった。

そんな翠の頭を、ルミリアがあやすように撫でる。「お母様って言っておきながら子供扱いって」と翠はむくれた。どうにもこのルミリアにはいいように転がされてしまう。

登場人物を賢くしすぎるのも考えものだと、翠はつくづく思った。

当のルミリアは、ノートを手に取り、はいと翠に手渡す。

「さあ、それじゃあ踊り子ルミの華麗な冒険譚を、さくさくっと考えちゃいましょうねぇ。書いて書いてぇ」

「さくさくって、そんな……」

　そんなにさくさく書けたら苦労するものかと、翠はあまりに簡単に言ってくれるルミリアに、ちょっとだけ意地悪をしてみたくなった。

「んんー……まず、ルミちゃんはやっぱり賢者候補でスタートしよう」

「ええー、せっかく踊り子になったのにぃ」

　ルミリアから、悲鳴が上がる。ほんのささやかな翠からの仕返しだ。

「大丈夫。ルミちゃんは将来賢者になる最有力候補だったのに、師匠のところを飛び出して踊り子になっちゃうの。仕方ないよね、ルミちゃんのその性格だもん。絶対におとなしく師匠に従わないだろうし。もともと賢者の素質ばっちりだったところに、普段から修行場を抜け出して踊りの練習をしていたものだから、ルミちゃんが踊ると人が集まる。人が集まれば情報が集まる」

「そうそれ！　それなのよう、お母様ぁ！　人が集まれば、自然と対話が生まれ、コミュニケーションが図れるでしょーう？　情報を握る者が、冒険の行方を決めることもできるのよーう」

　さすがお母様！　と再び抱き付いてこようとするルミリアを、翠はまだまだこれからだからと押しとどめた。

「うんうん。それで、やたら優秀な踊り子がいるって聞きつけた勇者のパーティーが、スカウトに来るの。でも、勇者はまだ子供で、戦士たちが守りながら育てている最中。賢者に最も近いと言われていたルミちゃんは、その子が確かに将来勇者になるってわかって、じゃあ協力しましょうってことになるのよ。で、いざパーティーに加わってみたら、戦士はへっぽこ、魔法使いは見習い、僧侶は体力なしの病弱。彼らが唯一誇れるのは子育てスキルというダメダメっぷり。そこで、ルミちゃんが村や町のそばの初心者でも倒せるような魔物しか出ないエリアで彼らを鍛えるの。鍛えながら、ルミちゃんは踊ってお金と情報を稼ぐ。他のメンバーは、子育てと家事をしながら鍛錬して、少しずつ少しずつ強くなっていくのよ」

自分が稼いでほかの仲間が育児と家事をすると聞いて、ルミリアの表情が曇る。

「なんか大変じゃなーい？　私が稼ぎ頭の勇者パーティーってどうなのぉ？」

「だから、ほかの勇者候補がいるパーティーが魔族の襲撃を受けたって噂が流れても、ルミちゃんのところは無事なのよ」

魔族の情報網に引っかかりもしない最弱のパーティー。でも、パーティーが守る子は、間違いなく未来の勇者の器。弱いっていうのも悪いことばかりじゃないでしょう？　と翠に言われ、ルミリアはうーんと唸った。

踊り子になった時点で、自分の力もきっと少しは弱くなると思っていたのかもしれない。なのに強いままという設定に、不満が残っているらしかった。

「ねえねーえ、お母様。それで、恋愛っていつどこで始まるのぉ？　私、結構魅力的だと思うんだけどぉ」

結構どころかかなり魅力的だ。相手は最初から戦士ということは決まっている。ただ、最初は戦士一択だったルミリアの彼氏候補を、もうひとり作ってしまおうと思った。完全にこの場の思いつきである。その思い付きが、次々に出てきて止まらない。

「あと、魔王」

「勇者パーティーなのに、魔王？」

魔王と聞いて、さすがのルミリアも驚いて二の句が継げないようだ。

「魔王自らお忍びで人間たちを襲撃しに来るの。ほら、普通魔王ってラスボスだから城の奥深くにいて、戦わせてもらえないでしょ？　それにしびれを切らして、魔王が来ちゃうのよ」

翠は昔からＲＰＧゲームのストーリーについて、思うところがあった。ラスボスとして最後に出てくる魔王は、ずっと勇者が来るのを城の奥深くで待っているだけでなんて暇なんだろうと。

いつまでも現れない勇者、勇者を見つけられないまま人間の世界で暴れる魔物たち。

みんなにかしらやることがあるのに、魔王である自分だけ暇を持て余していると思ったら、きっと我慢できなくなるのではないかと翠は思ったのだ。

「あー、それはあり得るあり得る。私が賢者なんてつまんなーいって言ってるのと同じねえ」

「うーん、いや、ちょっと違うかな。まあいいや。それで、魔王は自分の正体を隠して人間に化け、ルミちゃんとこのパーティーと遭遇するのよ。でもって、子供に勇者の素質かしるしを見つけて排除しようとするんだけど、ルミちゃんには隙がない。加えて、超へっぽこパーティーなのに子育てだけは超一流の面々のせいで、勇者に近づけない。だったらいっそのこと一気に全員倒すかと本性を現して牙を剝くんだけど、反対にルミちゃんに倒されちゃうのよ」

え？　私？　とルミリアは自分を指さした。

そうだよと翠が言うと、無理無理と手を振る。

「お母様、それはさすがに無理かなー。だって、魔王よぅ？」

「できるできる。魔族の世界や自分の城ならともかく、人間の世界だから魔王は力が制限されてるって設定にするの。相手は、私が最初からチートな設定にしようと思ってたルミちゃんだもの、力が削がれている魔王をぼこっちゃうのよ。ぼこられた魔王は、ルミちゃんの強さに惚れ込んで、是非お嫁さんにって望むんだけど、ルミちゃんは踊り子の仕事が面白くて仕方ないし戦士のことも放っておけない。だから、魔王なんかにはなびかない」

ルミリアに退治される魔王にはちょっと気の毒だけれど、と翠が付け足すと、ルミリアはまんざらでもなさそうな顔をした。

「そっかぁ、もう私、戦士さんに恋をしちゃってるのねぇ」

今回も三角関係だが、前作のようなドロドロ感は出さず、コメディータッチでいこうと翠は決めていた。

「へっぽこだけど、まっすぐな性格で踊り子であるルミちゃんを尊敬して修行をつけてもらう戦士に、ルミちゃんは時々きゅんきゅんときめいちゃうってどう？　可愛いって」

「確かに可愛いかもー。わんこみたいな性格がいいかなー」

「わんこ……まあ、そこは考えとくね」

わんこ系戦士、悪くないわと思いながら、即ＯＫを出すのも癪《しゃく》なので、翠は考えておくと返事をした。

「それで、魔王はどうするのぉ？」

ルミリアに痛い目に遭わされ、求婚するも断られてしまう魔王は、可愛さ余って憎さ百倍。魔物の大軍を率いて再戦に臨んでもおかしくない。

しかし、そんなことをする魔王は大嫌いとでもルミリアに言わせて、ショックを受けてもらってもいいかもしれない。

翠は、ノートに魔王の設定を書き込んだ。

「パーティーに加わるのよ。魔獣使いってことで。ビーストテイマーね。そりゃあ、どんな魔物も言うことを聞くわけよ。外見は人間に化けているけれど、中身は魔王だもの」

「うんうん、その設定はいいかもー。ビーストテイマーかあ、それも面白そう」

せっかく踊り子にしてあげたのに、ルミリアがやっぱりビーストテイマーになりたいと言い出さないかと、翠はひやひやした。

さて、ここからがストーリーの山場である。

「少し強くなったパーティーが、ある町の町長さんの依頼を受けて、火の山のドラゴン退治に向かうの」

「え？　それ無理ぃ、全滅コース」

ドラゴンと聞いて、ルミリアは迷うことなく全滅すると口にした。

誰がどんな設定で小説を書いても、やはりドラゴンは最強の種族だ。もちろん翠も、弱いドラゴンなど書くつもりはない。

「そうなの、ルミちゃんは止めるんだけど、魔王は自分がいるから大丈夫だって言うし、ちょっと強くなってきていた戦士たちは挑戦したがるしで、ルミちゃんの言うことを誰も聞いてくれないのね。反対するルミちゃんにお子様勇者を託して、戦士たちはドラゴン退治に向かって全滅しちゃうの。あ、魔王は死なないよ。人間じゃないから、やられても自力で復活する。でも、ほかのメンバーを生き返らせるためには、教会で魂を地上に取り戻す儀式をしてもらわなくちゃいけなくて、そのためには大金が必要。ルミちゃんは一生懸命踊ってお金稼いで、自分の衣装についていた宝石も売って、ようやく七日目に戦士と魔法使いと僧侶を生き返らせてあげるのよ。そして、全員をビンタ」

「ビンタ？　私が？」

「うん、怒ってよし。ルミちゃんが言葉を尽くして説得したのに、耳を傾けなかった彼らに怒っていいと思う」

自他ともに認める賢者の素質を十分持っているのだから、亡くなった仲間を生き返らせず、ほかのパーティーに加わることもできたのに、ルミリアはそうしなかった。

ビンタ一発で彼女に許してもらえるんだから、頬を腫らして鼻血を出すくらい安いものだと翠は思う。

ノートにストーリーを書きなぐる手が止まらない。

「ルミちゃんに怒られ、それからお子様勇者に泣かれて、戦士たちは反省しまくり。そこへ復活した魔王がドラゴンの鱗《うろこ》を一枚持って戻ってきて、それで町長と話をつけろって言うの。実は、町長は火の山で採れるという宝石の原石とドラゴンが貯め込んでいる財宝が欲しくて、悪いことをひとつもしていないドラゴンを退治しようとしていたのね。魔王は、ドラゴンの鱗一枚でも町は潤うって言うんだけれど、贅沢な生活に慣れた町長はもっと宝をって、言うことを聞かない。で、情報収集と人心掌握に長けたルミちゃんが町の人をたきつけて町長をとっちめる。ドラゴンの鱗を加工して、それを売ることで町は潤い、火の山には手を出さないと町の人たちはルミちゃんたちと約束を交わすのよ。それでルミちゃんたちは、次の町に向かって旅立つ。以上」

旅立っていくルミリアたちの姿を脳裏に思い描きながら、翠はボールペンをようやく置いた。急いで書いた文字は波打ち、かなりの悪筆ぶりだが、とりあえず読めるからよしとする。

旅立ちで物語を終わらせた翠に、ルミリアが異議を申し立てた。

「お母様、あまーい！　そんな約束、町の人はすぐに破ると思うー。だって、鱗があれば町は潤うわけでしょー？」

「そこは、ルミちゃんが上手くやるんだよ。一気に全部売ったらそれっきりになるって。加工したものを少しずつ売り出していったほうが、価値も上がるし利益も増える。その間に、町の繁栄に繋がる名物とか名所とかを見つけるように言い残していくのよ。町の人が、その後それを実施するかどうかは、ルミちゃんたちの責任ではないわけでしょう？　ルミちゃんたちは、冒険者のパーティーでもあるんだから旅を続けるし、たまたま立ち寄った町に、むしろそこまでしてやらなくてもってくらい貢献してあげているんだし」

「そうなんだけどぉ……ま、いいかぁ。ドラゴンなんて簡単に捕らえられないし、忠告はするしねえ」

彼女らはその町に定住するわけではない。鱗の代金として大金をせしめた彼らは、その一部をルミリアに渡して新しい踊り子の衣装を買ってもらうことにしよう。

どんな服がいい？　と翠に尋ねられ、ルミリアはあっさりと町への心配を捨てた。

ふんわりとしてー、ちょっと透けていてー、動きやすくてー、宝石が胸元についていてーと、次々に希望をリクエストする。

そんなルミリアに、翠は最後に残しておいたひと言を告げなくてはならなかった。

「言い出しにくいんだけど」

期待してくれているであろうルミリアに申し訳ないと思いつつ。

「恋愛は、ルミちゃんと戦士の両片想いのときめきのまま進展なし。もちろん、魔王とも」

「いやあああああん！　つまんなーい！」

恋愛の進展なし、それを聞かされたルミリアは、一気に不機嫌になって叫んだ。

これに負けてルミリアの恋を成就させてはならない。

「戦士が、恋愛を自力で進展させるのは無理。子育てと自分の修行で精一杯。どう考えても器用な性格じゃないし。ルミちゃんも、自分への恋愛感情で修行が進まなくて弱いままの戦士は、嫌でしょ？　それともルミちゃん、魔王と結婚コースにする？」

「しませーん。でもぉ、あんまり人間に幻滅しちゃうと、それでもいいかって思うかもねー」

「ルミちゃんは、賢者の将来を蹴とばして踊り子になるような子だから、破天荒《はてんこう》な面もあるもんねえ。でも、一緒に組んだ戦士たちのために一生懸命になるくらいいい子なんだもの。きっと楽しい冒険になるよ」

わざわざ用意した未来の賢者の椅子を蹴り倒して踊り子になったルミリア。そんな彼女が、不満だらけのまま生きていくわけがない。これから文字にして作品に仕上げる彼女の物語は、絶対に楽しいものになる。

そんなわくわくした気持ちが、翠の心をぽかぽかと温めた。

ルミリア以上に幸せそうな表情を浮かべた翠に、ルミリアはもう駄々をこねるのを止めた。

「んもう……お母様にそう言われちゃったら、頑張るしかないわねー」

「もし続編が書けるようだったら、恋愛もレベルアップできるようにするから。ね？」

コンテストに落ちても続編は考えようと、翠は思った。ルミリアたちの冒険譚《たん》を書き続けるのは、きっと楽しい作業だ。

満足げな翠に、ルミリアも同じような表情を浮かべると、床に脱ぎ捨てたローブと、転がした杖を拾い集める。

「わかったわよーう。お母様、ありがとう。私のお願いを聞いてくれて」

「こちらこそ」

「そんなお母様に、ルミリアからプ・レ・ゼ・ン・ト。うふっ」

悪戯っ子のような顔で、ルミリアはもう必要ないはずの杖を振った。それを見ていた翠は、急に強い睡魔に襲われた。

「へ……？」

なにが起こったのかわからないまま、瞼が強制的に下ろされる。翠は、そのまま意識を失った。

次に翠が目を覚ましたとき、カーテンの隙間から部屋の中に朝日が差し込んでいた。

枕元の時計をぼーっと見ながら翠は、平日であれば慌てて飛び起きなければならない時間だけれど、土曜日でよかったと思う。

がっつり寝て体はすっきりしている。寝起きの頭も、そのうちはっきりしてくるだろう。

それよりも、なぜ自分がベッドに寝ているのか、翠にはまったくわからなかった。昨夜玄関のチャイムが鳴って、部屋に突然賢者のルミリアが現れたのは、もしかしたら夢だったのだろうか。

「インターホンを確認しに行って……ベッドで寝てる……ベッドに寝かせるのがルミちゃんのプレゼントってわけじゃないよね……いやいや、夢に違いない、夢に出てくるくらい私は深く考え込んでたんだ、きっと」

夢ならば納得できると思いながら、ベッドから起きた翠は、フローリングの床を見て悲鳴を上げかけた。

昨日、ルミリアが杖を放り投げたと思われる場所に、はっきりとしたへこみと傷ができていたのだ。

「わあああん！　床に大きい傷が！　ここ、賃貸なのに！」

こんなプレゼントいらなーい！　と翠はどうにか消せないものかと、床を一生懸命擦り続けた。

異世界ファンタジー公募作品『女賢者は恋愛レベル1からのスタート』改め

『踊り子賢者の大冒険―恋もパーティーもレベル一』抜粋

青木美琴

ルミリアは踊った。全身から喜びを溢れさせ、地を蹴って大きく跳躍し、体をしならせた。

彼女の踊りを見ていた人々から、おお、と感嘆の声が漏れる。

彼女は今、自由だった。

ずっと着ることを強要されてきた重く堅苦しいローブも、魔法を使うとき以外は邪魔だというのに、常に携帯するようにと言われてきた杖も、すべて捨てた。

学んできた知識を忘れたわけではない。魔法を使えなくなったわけでも、魔力が枯渇したわけでもない。

幼少時から賢者にふさわしい素質の持ち主と言われて、王都の学園に連れてこられてからずっと、ルミリアはこの日を夢見てきた。

先生たちの目を盗んで城下に遊びに出ては、聞こえてくる楽の音に合わせて体を動かし、ステップを踏んできた。

誰に習ったわけではない。彼女の身の内から自然と湧き出てきてその腕や脚を動かす力に、彼女は身を任せた。

賢者が踊ってなにが悪いの――

見て、私はこんなに自由よ――

風が、ルミリアの黄金の髪を撫でた。しゃらしゃらと、腕輪についた小さな鈴が鳴る。透けて体の線が見えるような薄い踊り子のドレスが、ルミリアの動きに合わせてはためき、ふわりと裾を膨らませる。

ルミリアが踊り終えたとき、場は静寂に包まれていた。

そして次の瞬間、わあああああ！　と爆発するような歓声で溢れる。

投げ込まれるお金を前に、ルミリアは優雅に腰を折って、観客たちに感謝を伝えた。

自分の力で稼いだお金が、今、目の前にうず高く積まれていく。

学園では、高額な金銭を要求するなどもってのほかと教わった。魔法使いは、高度な魔法を修得すればするほど、奉仕の心を忘れてはならないと。その力を、王のため、民のため、国のために役立てよと。

（冗談じゃないわぁ、バッカじゃないの）

先生たちが言わんとしていたことを、ルミリアとてわからないわけではない。

魔法が使えない人々にとって、魔法を使えるひと握りの人間の存在は、ともすると迫害の対象となり得る。

だから、魔力を持ち魔法使いの素質を持つものは、国が管理し人々に奉仕するよう教育されるのだ。

学園を卒業した魔法使いたちは、その能力によって派遣される土地が決まる。力の弱い者は、辺境の小さな村に行かされ、貧しく素朴な人々と共に穏やかな生活を送ることになる。力の強い者ほど、王都やその周辺に住まわされ、なにかあれば招集に応じることになっていた。

そんな中でルミリアは、卒業の資格を与えられなかった。

つまり、学園からも王都からも解放してもらえなかったのだ。

それほどに彼女の魔力は強く、豊富な知識と共に、一介の魔法使いでは終わらない才能を早い段階で発揮していたのだ。

魔法使いでも僧侶でも神官でもなく、賢者にと望まれたとき、ルミリアの脱走計画は発動した。

どんなに才能に溢れていても、彼女の精神はそれ以上に自由を欲したのだった。

学園から脱走し、王都から逃れて、東の辺境都市に身を潜めて踊り子として生活をする。

それが、彼女の選んだ道だった。

「あらぁ、今日も稼ぎは新記録じゃなーい？　うふふ、美味しいお酒飲んじゃおうっと」

踊り子になって日が浅いにもかかわらず、彼女の踊りは既に評判になっていた。

路上で踊る彼女に、うちの店で踊ってくれないかという誘いは、引きも切らない。

ルミリアは、それをすべて断っていた。

ひとつの店で踊ることは、かつて学園に閉じ込められていた頃を思い出させるからだった。

気が向いたらステージに立ってもいいかなと思いながら、彼女はその日暮らしの路上の踊りを楽しんでいた。

彼女の踊りの対価として与えられた硬貨を集め、革の袋に詰める。

太っ腹の観客がいたらしく紙幣も混じっていて、ルミリアはニヘラと頰を緩ませた。

（これぞ、生きているって実感よね！）

ルミリアは、うきうきと酒場に向かった。

途中、柄の悪い男たちが、ルミリアの前に立ち塞がる。

「おい、姉ちゃん、たいした踊りだったじゃねえか。俺らにも酒を奢ってくれよ」

まだそんなことを言う馬鹿がいたのかと、ルミリアは呆れる。

この都市で踊り始めて最初の二、三日で、彼女にちょっかいを出す輩はいなくなっていたので、久しぶりだ。もしかすると、よそから流れ着いたばかりなのかもしれない。

「どいてちょうだい。私はこれから美味しい美味しいお酒を、ひとり気ままに堪能するんだから」

「だから、俺らにもわけ前をよこせって言ってんだよ！」

男たちの手が、ルミリアに伸びる。

しかし、それが彼女の体に触れることはなかった。

見えない壁に弾かれたかのように、なにか硬いものに触れて彼女まで届かない。困惑した男たちの体が、不意に出現した小さな竜巻に巻き込まれ、宙に浮く。

「うわあ!?」

「なんだ、これは！」

ルミリアが、赤い唇をわずかに動かした。呪文は正しく作用し魔法を発動させ、男たちは十メートルほど後方の建物の屋根に落とされた。

「おいたは駄目よ。踊り子をなめちゃ駄目なんだからぁ」

踊り子になっても、彼女の能力は健在だった。

さて、今度こそ酒場にと歩き出そうとした彼女は、またしても行く手を遮られた。

今度は、鎧を着込んで腰に剣を差した戦士風の男だった。装備はどれも安いもので、これじゃあたいした魔物は倒せないわねと、ルミリアは一瞥して判断した。

ただ、男は先ほどルミリアに絡んできた無頼の徒とは違い、真剣な表情を浮かべている。

「踊り子なのに、魔法を使う女性がいると聞いてきました」

（あら、丁寧ねぇ。よく見ると、童顔でわんこみたぁい）

「ルミリア殿！　俺たちのパーティーに入って、勇者様を育ててはもらえないだろうか！」

「…………はぁ？」

ルミリアは、男に間の抜けた声しか返せなかった。

エピローグ

週末、執筆が順調に進んだ翠は、その途中で、あることに気づいた。

ヒントになったのは、ルミリアの存在だった。仲間と協力して冒険の旅を続ける彼女のセリフは、自分が言いたいのに言えずにいる言葉ばかりなのではないかと。

パーティーに加わってからも、ルミリアの力を知って「賢者の素質があるのに踊り子になるなんて信じられない」、「才能を無駄にしている。なんてもったいない」と仲間から呆れられたときも、魔王から「おまえはもっと高望みすることもできるはずだ」と言われたときも、ルミリアは自分の考えを嘘偽りなく打ち明け、信念が揺らぐことはなかった。

仲間から誤解されることも厭わず、どこまでも明るく素直に自分の気持ちを伝えていくルミリアに、仲間たちも次第に彼女という存在を理解し受け入れていく。現実の世界は彼女のようにはいかないかもしれないけれど、翠自身が勇気を出して行動すれば、もしかしたら現実の問題の解決の糸口が見つかるかもしれない。

翠は、自分が生み出したヒロインに自慢できるよう頑張ってみると決意した。

月曜日になり、ふじき野市役所に出勤した翠は、昼休みにパスポートセンターに行き、瀬野尾を呼び出した。

ほかの同僚たちの手前、あからさまに拒むようなことはなかったが、翠とふたりきりになると瀬野尾は思い切り睨んできた。

以前の翠なら、その表情を見るだけで怯んでいただろう。だが、今日の翠は違った。瀬野尾と話してみよう、きっとわかり合える。そんな気がしていた。

(自分が書いた小説に触発されるなんておかしいよね、でも今ならできる、そう思えるんだからやってみなくちゃ)

「瀬野尾さん」

「なによ」

瀬野尾の返事は、そっけない。しかし翠は、それに負けずに語りかけた。

「先日、SNSのこと、課長と佐野さんがみんなの前で話していたの、知ってます? 同じフロアだし、聞こえたんじゃないですか。噂にもなっているだろうし。あれ、私がやられたんです」

翠の告白に、瀬野尾は顔色ひとつ変えなかった。それどころか、さらに態度を硬化させる。

「……で？　私がやったとでも？」

「最初はそうかなって思ったりもしました」

翠は、正直に言った。

「でも、瀬野尾さんは私に、課長と佐野さんに二股をかけているんじゃないかって直接尋ねてきてくれたから、今は違うと思っています。私、本当に課長とも佐野さんともなんにもないんです」

「なにもないのに、課長とあんなに親しくアイコンタクトって取るものなの？」

「え……」

「あっ！　いや、な、なんでもないから！」

翠の言葉に思わず言い返してしまった瀬野尾は、失敗したとばかりに手で口を塞いでそっぽを向いた。

瀬野尾のいるパスポートセンターから市民生活課の窓口の中の様子は、意識して覗き込まない限りよく見えない。特定の人間の目くばせなど、なおのことだ。それを言い立てるということは、瀬野尾はよほど意識して翠と小田のことを見ていたか、もしくは誰かにそれを吹き込まれたか……

「もしかして、私と小田課長のアイコンタクトって、瀬野尾さんは本当は自分の目で見ていないんじゃ……」

「見たわよ。……一度だけ」

「一度」

それであんなに噛みつかんばかりに非難してきたのか。だとしたら、瀬野尾は日頃からよほど翠に嫌悪感を抱いていたことになる。

「瀬野尾さん、あの……」

「メモがデスクに置いてあったのよ」

「えっ」

「佐野さんと付き合っているあなたが、昼休みに入る前に小田課長とアイコンタクトを取るから見ていたらって」

「はあ？」

確かに翠と小田が目くばせをし合うのは、休み時間前が多い。

そういうときは決まって、「小説の話をしたいから今夜連絡をしてもいいですか」とか、「執筆に行き詰まっているので今夜話を聞いてもらいたいです」とか、休み時間に声をかけますという合図だった。その合図の目くばせに気づいた誰かが、それを利用して瀬野尾にあることないことを吹き込んだのだろう。

「あのですね、佐野さんとは本当にお付き合いしていないですし、課長と目くばせをしていたとしたら、それは……」

以前にも言いましたが、文書を出すタイミングを計るためにと、翠は言おうとした。さすがに、趣味の話をする約束を取り付けるためのアイコンタクトだとは言えない。

そんな翠の言葉を、瀬野尾が遮った。

「あなたを中傷していた人のアカウント、覚えてる？」

「覚えていますけど……もうアカウントを消していなくなっちゃいました」

「画像とか保存してない？」

「それなら」

そのアカウントの持ち主は、それまでに私物と思われるものの画像を何枚か公開していたと、乙葉が言っていたのを思い出した。

翠は、ポケットから携帯を取り出し、以前、乙葉がわざわざ翠宛てに送ってくれた画像を瀬野尾に見せる。

黙って見ていた瀬野尾は、いきなり翠の腕を摑んだ。

「来て。そいつ、知ってるから」

「え！」

まさか、瀬野尾が犯人を知っているとは。翠は、驚いて言葉もなく瀬野尾に引っ張られるままついていった。

瀬野尾が翠を連れてきたのは、市民生活課だった。ここでは昼休みでも窓口対応ができるように、休み時間は課員が交代で取っている。今は半数が昼食に出ていて、数人しか残っていない。

何事かと周囲の同僚たちが注目する中を、瀬野尾は翠の腕を引いてカツカツと凄まじい勢いで歩いていく。

瀬野尾は、そのまま小田の席まで行くと、驚いている小田にひとりの女性職員の名を告げて彼女を連れてきてくれと頼んだ。

それから翠を連れて、誰も使用していない小会議室に入る。瀬野尾はそのまま黙り込んで口を開かない。翠は、これからなにが起こるのか、どきどきしながら待った。

しばらくしてドアが開き、小田がひとりの女性職員を連れて入ってきた。彼女は、翠よりひとつかふたつ上で、瀬野尾と同じくらいの年齢だった。さっき瀬野尾が市民生活課にすごい勢いで乗り込んでいったときは姿を見なかったので、昼休みを取っていたのだろう。

瀬野尾は、翠と瀬野尾を見て顔色を変えた女性職員と、額をつき合わせるくらいの距離まで詰め寄った。

「あなたねえ！　いい加減にしなさいよ！」

「ひっ……！」

瀬野尾の勢いに気圧され、よろよろと後退る女性職員の腕を瀬野尾が摑む。

「私、フォローしていたから知ってるのよ！　たまたまSNS上で見つけたんだけど、あなた、自分が使っているものとかデスクに置いているものまで写真に撮ってアップしていたことがあったでしょう。笛木さんから写真を見せてもらったら、見覚えのあるものが写っていたわ。ということは、私のデスクにあんなメモを置いていったのもあなたね？　同期を騙すってどうなのよ！」

ふたりは、同期らしかった。

問い詰められた女性職員は、「違う、私じゃない、誤解だ」と必死で弁明したが、「どうせ写真に撮ってアップしていた小物類のひとつくらいまだデスクの引き出しの中にあるんでしょ」と言われ、真っ青になって震えだした。

その様子に、翠も小田も、SNSの犯人はこの女性職員だったことをようやく悟った。

犯人は、やはり市民生活課の中にいたのだ。

しかし、翠はその女性職員となにか衝突をしたとか仲違いをしたとか、トラブルの記憶はなかった。デスクも離れており、窓口のローテーションも違う。話したことだってろくにないのに、なぜあんな悪意のあることをされたのか、理由がわからない。

瀬野尾に責められて、その女性職員はとうとう泣き出してしまった。瀬野尾が腕を放すと、床にへたり込んでめそめそと泣く。

これではまるでみんなして彼女を虐めているみたいだと翠は今さらながら居心地が悪くなって小田を見る。小田も、そろそろ瀬野尾を止めなければと思ったらしい。

「瀬野尾くん」

「泣いて済ませようとしてもだめよ。きちんと謝罪して、責任を取りなさい。やっていいことと悪いことの一線がわからないって、社会人としてどうなの？」

「だって……だって……」

それでもまだ言い訳を続けようとした女性職員に、瀬野尾は厳しく言い放った。

「大迷惑よ！」

「ちょ……瀬野尾さん……っ」

あまりの剣幕に、翠は思わず瀬野尾と女性職員の間に割って入った。

瀬野尾は驚いたように目を丸くしたが、きっと翠を睨み、それから翠と小田に頭を下げて言う。

「彼女に騙されたとはいえ、真相を確かめもせず笛木さんの言葉も信じないで酷いことを言いました。申し訳ありませんでした」

「瀬野尾さん……」

潔い謝罪に、翠は自分も瀬野尾のことを誤解していたことに気づいた。

話さえ通じれば、瀬野尾は自分の非を認めるし、翠のことを中傷していた犯人を見つける手伝いもしてくれた。これは自分も謝るべきか、それともお礼を言うべきか、あるいは許すと言うべきか。

それらすべてが必要だという結論に達した翠は、まず瀬野尾に深々と頭を下げた。瀬野尾が息を呑む音が聞こえた。

「どうしてあなたが頭を下げるの」

「私も、あのＳＮＳの書き込みを瀬野尾さんじゃないかって疑っていたからです。きちんと聞きもしないで疑いをかけてすみませんでした。瀬野尾さんは、私に正面から尋ねてくれたのに」

翠の告白に、瀬野尾はほっと息を吐き、「お互い様だったのね……」と呟いた。

「そうですね」と顔を上げて瀬野尾を見た翠は、今まで心にかかっていたもやもやした霧のようなものがすっかり晴れていることに気づいた。

翌日、小田や人事課の職員から事情を聞かれ、女性職員は自分がしたことを認めた。その理由を小田から聞いた翠は、瀬野尾に説明をするために仕事が終わるのを待つことにした。

やがて、パスポートセンターの灯りが消え、一番最後まで残っていた瀬野尾が出てくる。

「瀬野尾さん」

翠が声をかけると、瀬野尾は無言で頷いた。

髪をうしろできつめに縛っていることが、元々真面目であまり笑わない瀬野尾の印象を、さらに堅く見せているが、瀬野尾が意地悪な癇癪持ちでもなんでもないことを翠はもうわかっている。

翠は、小田から聞いたことをそのまま瀬野尾に伝えた。

「そうなのね……確かに彼女、佐野さんのことが好きだって聞いたことがある」

その佐野が翠にちょくちょく声をかけているのを目撃した。自分は告白する勇気がないのに、佐野に気に留めてもらっている翠が憎い、そう思った彼女は翠と佐野を観察しているうちに、翠が小田と目くばせをし合っているのに気づいたらしい。

それで、翠が小田と付き合っているのに佐野にもいい顔を見せて気を惹いていると思い込んでしまった。そして、その正体を暴いてやるつもりでSNSに載せたり、瀬野尾に「笛木さんたら小田課長と佐野さんの両方にすり寄って、どちらとも付き合っているのよ。職場で二股をかけるなんて、公務員として倫理的に許せないわよね」などとたきつけたりしたのだという。

「私に幻滅して佐野さんが離れていけばいいと思ったんだそうです。残念なことに、私と佐野さんは単なる先輩後輩の仲で、そんなことをする必要はまったくなかったんですけどね」

小田も人事課の職員も、彼女の名を公表して犯人扱いすることはなかった。

だが、人の口に戸は立てられない。彼女が例の事件の犯人だということはあっという間に広がり、その日彼女はいたたまれずに早退してしまった。今日も休むと連絡があり、このまま辞めてしまうようなことになったらと思うと、翠は心配でならなかった。

「わざわざ教えてくれてありがとう」

それじゃあと帰ろうとした瀬野尾を、翠は引き止めた。

「瀬野尾さん、ありがとうございます。瀬野尾さんのおかげで、すっきりしました」

小会議室で、頭を下げて疑ったことを謝罪したものの、お礼は言っていなかった。

目の前で頭を下げる翠に、瀬野尾はぶっきらぼうに言った。

「私はまだすっきりしてないんだけど」

「そのことなんですけど、もしかして瀬野尾さん、課長のこと……」

翠を中傷した女性職員は、佐野のことが好きだった。それを拗《こじ》らせたあげく、あんな真似をしてしまった。では、瀬野尾はどうなのだろう。なぜあれほど翠に怒ったのか、それを考えて翠は合点がいったのだ。

瀬野尾が最初翠を問い詰めたのは、小田のことだけだったではないか。もしかしたら、瀬野尾は小田に好意を持っているのかもしれない。だから、翠が二股をかけて小田を騙していると思い込み、あれだけ怒った……

翠の言葉に、瀬野尾の返事はなかった。答えないこと、それが答えだった。

翠は、持参した紙袋を、瀬野尾に無理矢理押し付けた。

「瀬野尾さん！　これ！　この本読んでください！」

「え……」

いきなり紙袋を渡され、驚いた瀬野尾が中を見ると、そこには、文庫本が三冊入っている。

それは、翠が自宅から持ってきた飯山《いいやま》かぐら著の『竜人は踊る狼人は駆ける』シリーズ全三巻だった。

小田は、ここに出てくる竜人の女村長が大好きなのだ。

「特に竜人。すっごく強い女性が出てきますから、なるべくそのキャラクターについて読み込んでください。そうしたら、課長と話が弾みます」

「ど、どういうこと⁉」

翠は周りを見回して誰もいないことを確認すると、まだ事情が呑み込めず、本と翠を何度も見比べる瀬野尾に小声で囁いた。

「秘密にできます？　課長の秘密でもあるので。どうです？」

「課長の……」

小田の秘密と聞き、瀬野尾が唾をごくりと飲み込んだ。まるで密談だった。きりりと引き締まった表情が、徐々に紅潮してくる。

やっぱり瀬野尾さんは小田課長のことが好きなんだなあと、翠は改めて思った。

「実は課長は、ファンタジーやＳＦ系の小説が大好きなんです」

「ええと、読書ってこと？　それが趣味なの？」

「趣味というか、その中に出てくる登場人物が大好きなんです」

「大好き……」

「そう。大好きと言うか、溺愛と言うか。私も本を読むのが好きで、たまたま課長と同じ小説を読んでいてファンだったので、それをきっかけに話をするようになったんです」

目くばせも、実は小説の話をしようということのアイコンタクトだったと白状すると、瀬野尾の表情がまた強張った。

「だから、それは小説をだしに使ってのお付き合いなのでは？」

「いいえまったく、神に誓ってもいいです、あり得ません。だって課長、登場人物にしか興味ないいんですから」

翠の言葉の意味を、瀬野尾は上手く理解できない様子だった。翠は瀬野尾の心情がよくわかるので、そうだろうそうだろうと、内心こくこくと頷いた。

同じ小説を読んでいるということがわかったときの小田の食いつきの激しさは、翠でさえかなり困惑したのだ。

（スマートで人当たりがよく優しくて有能、そんな課長が二次元の世界、小説の中の登場人物にしか興味がないとわかったら、瀬野尾さんはどう思うだろう）

瀬野尾が小説を読んで、自分と同じように小田と話してくれたら、小田もいつまでも翠とだけ話さなくても済むし、瀬野尾も小田に近づける。そんな目論見もあって、翠は瀬野尾に本を薦めたのだった。

「え、ちょっと待って。登場人物にしか興味がないって、それっていったい」

「読んで、課長と話してみたらわかります。瀬野尾さんはちゃんと私と話をしてくれたし、今回助けてくれたからお礼です。それと、小説の話、私ともしましょう。そうなれば、私、すごく嬉しいです」

ふと、翠の頭の中に、自分の作品の登場人物の言葉が甦る。

ひとりでできないことがあるから仲間と一緒に行動する。そうじゃなーい？

お母様、ありがとう。私のお願いを聞いてくれて。そんなお母様に、ルミリアから

プ・レ・ゼ・ン・ト。

瀬野尾と話をしてみよう、そう思って呼び出したことが今回の事件の解決につながった。

最初に瀬野尾に詰め寄られたときに感じた不快感に一旦蓋をして話してみたら、意外にもしっかりとしていて正義感もあるいい人だった。

（人とのコミュニケーションは本当に大事。踊って人と話して情報をもらう、それって誤解されることも喧嘩になることもあって難しいけれど、とっても大事ってことよね。勇気をくれてありがとう、ルミちゃん）

ルミリアがくれたプレゼント。それは翠が瀬野尾に話しかける勇気だったのではない

だろうか。翠は満面の笑みを浮かべて手を振っているルミリアの姿を心の中で思い浮かべ、深く感謝した。

「あなたって本当にお人よしね。私に嫌な態度を取られたのに、こんなことまで……」

「誤解も解けたことですし、もういいじゃないですか。それより私、瀬野尾さんときちんとお話できることのほうが嬉しいです」

翠の言葉に、ずっと硬かった瀬野尾の表情が緩む。少し恥ずかしそうに、瀬野尾が小声で言った。

「…………私のこと、沙織《さおり》って呼んでいいから」

「え……じゃあ、私のことは翠って呼んでください、沙織さん」

「そうね……ありがとう、翠さん、本、読ませてもらうわ」

「はい！」

翠は、元気よく返事をした。

――本はとてもいいものだ。
そこに書かれている小説には、すべてが詰まっている。
夢も希望も愛も友情も。
恐怖も苦痛も憤怒も絶望も。
教訓も感動も決意も勇気も。
だから、私は書き続けるのです。
私が生み出した子供たちのためにも――

『踊り子賢者の大冒険――恋もパーティーもレベル1』あとがきより
青木美琴　著

あとがき

このたびは、「書き直しを要求します！」をお目に留めていただき、ありがとうございました。千冬と申します。

本書を書くにあたり、本編とは別に主人公が書く小説というものを考えなければならないという問題に直面いたしました。千冬が考える翠の物語、その翠がコンテストごとに考える彼女の作品。書き進めるうちに、「もしや、三作分のプロットを追加して作っているのでは？」という気分になりました。

ようするに、私自身が様々なジャンルに挑戦するという難行苦行、ああ、やらかした！　そうして生まれたのが、各章で登場してきた迷惑な登場人物たちだったわけです。

漫画や小説、ドラマが好きだという人、自分はオタクや腐女子だと認める人であれば、一度は想像したことがあるのではないでしょうか。その世界に自分がいる、自分のお気に入りのキャラクターと自分が実際に出会うという妄想。そんな感覚でこの作品は生まれました。

ええ、オタクですとも、腐女子ですとも。二次元の世界大好き！

もしチャンスをいただけるのなら、翠が考えた（私が考えたんですが！）三つの作品をいつか本当に書いてみたいものです。あそこまで案をひねり出したんですもの。

最後に、本書発刊にご尽力いただいたマイナビ出版ファン文庫編集の山田様並びに編集部の皆様、株式会社ｉｍａｇｏの定家様、デザイン、校正などこの本を素晴らしい姿に仕上げてくださった皆様、ありがとうございました。表紙やキャラクターデザインで主人公や小説の登場人物たちを描いてくださいました八つ森佳様、ありがとうございました。

そして、書籍を手に取ってくださった皆様、このあとがきまで読んでくださった皆様に心から感謝いたします。

千冬

この物語はフィクションです。
実在の人物、団体等とは一切関係がありません。

千冬先生へのファンレターの宛先

〒101-0003　東京都千代田区一ツ橋2-6-3　一ツ橋ビル2F
マイナビ出版　ファン文庫編集部
「千冬先生」係

Fan ファン文庫

書き直しを要求します！

2019年9月20日　初版第1刷発行

著　者　　千冬
発行者　　滝口直樹
編　集　　山田香織（株式会社マイナビ出版）、定家励子（株式会社imago）
発行所　　株式会社マイナビ出版

〒101-0003　東京都千代田区一ツ橋2丁目6番3号　一ツ橋ビル2F
TEL　0480-38-6872（注文専用ダイヤル）
TEL　03-3556-2731（販売部）
TEL　03-3556-2735（編集部）
URL　http://book.mynavi.jp/

イラスト　　八つ森佳
装　幀　　佐藤千恵＋ベイブリッジ・スタジオ
フォーマット　　ベイブリッジ・スタジオ
ＤＴＰ　　富宗治
校　正　　株式会社鷗来堂
印刷・製本　　図書印刷株式会社

●定価はカバーに記載してあります。●乱丁・落丁についてのお問い合わせは、
注文専用ダイヤル（0480-38-6872）、電子メール（sas@mynavi.jp）までお願いいたします。
 ISBN978-4-8399-6970-7
Printed in Japan

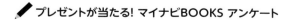

ファン文庫

浅草ちょこれいと堂

雅な茶人とショコラティエール

著者／江本マシメサ
イラスト／細居美恵子

悩み多きショコラティエール
のお仕事奮闘記！

頑張り屋のショコラティエールとイケメン茶道家が経営する、浅草駅からほど近いチョコレート専門店『浅草ちょこれいと堂』。甘くとろけるような幸せの味をお届けします。

Fan
ファン文庫

君と過ごす最後の一週間

普通の兄妹の不思議な一週間の物語。

ある日、突然妹の都湖子が交通事故で亡くなった。
寂しさで落ち込んでいた博史の前に、死んだはずの妹が現れる。
彼女のやり残したこととは——？

著者／新井輝
イラスト／ツグトク

Fan
ファン文庫

ご試食はいかがですか？

店頭販売は伊達じゃない

著者／迎ラミン
イラスト／ななミツ

『白黒パレード』の著者が描く、
試食販売員のお仕事奮闘記!!

試食販売員の緑子と羽田がスーパーなど
出向く先で遭遇するさまざま事件を
解決していく——。

Fan
ファン文庫

質屋からすのワケアリ帳簿
双生の祝い皿

著者／南潔
イラスト／冬臣

物に宿った記憶を読み解くダークミステリー、
シリーズ最新作が登場！

若主人・烏島が営む「質屋からす」。
ある男が持ち込んだ、美しい紅の皿。
物語は、紅い皿の謎を軸に、複雑に絡んでいく……。

Fan
ファン文庫

神様のごちそう—雨乞いの神饌《しんせん》—

続々重版の人気シリーズ、
第四弾の舞台は京都！

神隠しに遭い「神様の料理番」となった、りん。
初夏に差し掛かったある日、御先様は、
雨乞いのためりんとともに京都へ赴くことに——。

著者／石田 空
イラスト／転